◎梁啓超 1900 年攝於澳大利亞。

◎梁啓超 1902 年攝於加拿大溫哥華。

◎梁啓超 47 歲時攝於巴黎，親筆題字寄與二弟啓勳的照片。

◎梁啓超 56 歲時留影。
(以上照片皆由吳荔明女士提供)

叢書總論

范銘如

白話文學是中國追求現代性過程裡重要的媒介，也是最顯著的成果之一。隨著現代化需求的加速，中國的知識分子先從科學、技術、制度、機構等等洋務運動的推動，再到西方文明文化思潮的翻譯學習，乃至於對中國傳統進行全面性反思，一系列革命性的變革，自十九世紀中葉發軔，直到二十世紀上半部仍然方興未歇。中國現代化的歷程中觸動傳統思想與文化體系的革新機制，表現在文學層面上，最明顯的就是文學形式與內涵的劇烈變易。不論是語言文字（文言、白話、外來語），抑或者是文類（詩歌、散文、小說、戲劇）以及藝術技巧（寫實主義、浪漫主義、象徵主義）各方面，都開展出具有現代意義的優異成績。這一批歷經現代化狂潮的知識青年，憑仗手中滿溢著救亡圖存熱情的筆桿，寫下中西文化碰撞、新舊秩序轉型時關於國家民族走向的辯證權衡，各種社會現象的觀察針砭、文藝發展理念與實際操練的磨合問題。其中，置身紛亂動盪時代裡個人身分處境的摸索抉擇，甚至生命情感的壓抑抒發，更成為作品裡動人心弦的主題。

從清末至民國，白話文學以及其中寓含的革新、異議精神連綿不絕。現今我們慣以一九一九年的五四愛國運動同時作為現代白話文學的起點，乃是取其象徵性的時間意義。事實上，五四運動只是中國現代化進程裡一個承先啟後的顯著里程碑而已；新文化的醞釀萌發自有其細膩輾轉的過程，而白話文學的發展流變，當然也不是在二〇年代才透露端倪。有鑑於此，本套叢書不以五四之後的作家作品為限，還上溯至二十世紀以前即大力、長期呼籲文化文學革命的梁啓超。這樣的作法，希望一方面強調時代思想變革的漸進式歷程，一方面以梁啓超具備的傳統士大夫及新式知識分子的雙重典範，彰顯現代文學傳統裡新舊文化銜接合流的特質。

整體而言，選入《二十世紀文學名家大賞》的作家都是在現代文學創作上具有獨特貢獻，並且持續保有文學影響力的大家。他們的成就不僅早在文學史上獲得肯定，他們的作品也一再地被選入各種版本的教科書與文學讀本中。一談起新詩，我們總是再別不了徐志摩、聞一多以及戴望舒；一想到散文，腦海裡立刻浮現朱自清、夏丏尊、許地山和梁啓超的背影；提及小說，魯迅、郁達夫和蕭紅的吶喊猶在耳邊。透過文學，他們或者傳達個人對家國社稷的企盼與關懷，又或者抒發個人真摯的情感來表現中國人的現代精神。有的作家個性強烈率直，有人委婉節制；表現於文采上，典雅瑰麗或是質樸清華亦各擅勝場。這些作家作品各因其耀眼的特質，成為文學史上不可或缺的扉頁。

但是耳熟能詳不代表全面理解，有時反而會淪為想當然爾的片面化、刻板化閱讀習慣。此外，兩岸長期以來因為政治體制與文化體系的不同，對作家的評價或作品的評論產生極大的落差，政治立場雷同的大力吹捧甚至神格化，反之則將之醜化甚至從史料中除名，不然就是選擇性地介紹特定類型的作品。這樣的詮釋偏見隨著兩岸的開放交流、文史學者們不斷地辯論修正後已經獲得長足的改善。然而，學術層次上推展出來的看法落實到中學教育層面上的改變，原本就需要長時間的轉化。文學教改的時程卻在當前環境的挑戰下愈顯急迫。姑且不論傳播娛樂的多元刺激或功利導向的社會價值導致文學人口的快速流失，時代的推移不但使得歷史情境、文化脈絡越來越疏遠陌生，連當初所謂的現代白話語彙到今日都有些像文言文那樣的艱澀難懂。在這種種不利的因素下，青年學生即使有心學習也可能不得其門而入。

《二十世紀文學名家大賞》叢書的策劃就是希望能夠以更當代、更全面的選介評析引領年輕學子進入現代文學的殿堂。十位負責編選執筆的專家都是全國各大學中文系所裡的資深教授：洪淑苓教授（臺灣大學中文系）、張堂錡教授（政治大學中文系）、許琇禎教授（臺北市立教育大學語教系）、陳俊啟教授（東海大學中文系）、廖卓成教授（國立臺北教育大學語教系）、趙衛民教授（淡江大學中文系）、劉人鵬教授（清華大學中文系）、蔡振念教授（中山大學中文系）、賴芳伶教授（東華大學中文系）。不僅學養豐富，對於學生知識上的不足與誤解也有長期的觀察了解。本叢書除了對作家廣為傳誦的經典及創作特色再予以深入並系統化的賞析之外，還希望呈現作家更多的文學面向，在讚揚他們的藝術成就、人格道德或時代洞見之餘，也不諱言他們書寫、個性或思維上的局限。回歸到文學的、文化的、人性的、生活的層面，更可深刻地體會到他們如何在紊亂脫序的年代中搏鬥掙扎、矛盾挫折，對於他們的作品也才能夠給予較客觀的評論。

這套叢書以每位文學名家為單獨一冊。每一本作家專輯以其具有代表性的作品為主，每篇作品輔以注釋和賞析，前後則以綜論作家生平與文學風格的〈導讀〉一篇，以及條列式的作家大事〈年表〉。篇幅所致，選入的作品以短篇為主，中長篇則為節錄；另外根據每位作家的藝術表現，對於不同的文類也有不同的比重安排。此套文學大系的出版，三民書局龐大的編輯群們功不可沒。最必須感謝的還是在繁忙課務及研究中還特地抽空耐心編寫專卷的每一位學者。你們的熱忱，讓二十世紀的文學源流汩汩地導入新的世紀。

CONTENT

目次

導讀

廖卓成

梁啓超，字卓如，號任公，自署飲冰室主人。他出生於清同治十二年正月二十六日（一八七三年二月二十三日），廣東省新會縣熊子鄉茶坑村人。祖先十世務農，祖父梁維清（一八一五——一八九二）苦讀成秀才，曾任八品的教諭。父親梁寶瑛（一八四九——一九一六）在鄉間教授私塾，課餘也耕作，熱心地方公益。母親趙氏，粗通詩書，常教鄉中婦女識字和作女紅。他二、三歲開始認字，四、五歲開始跟母親和祖父讀《四書》，祖父常給他講歷史故事，帶他去附近廟中看廿四忠臣、廿四孝子的古畫；掃墓時路過古戰場厓山「宋張弘範滅宋於此」的刻石，一定給他講南宋末陸秀夫背著帝昺投水自盡的故事。六歲時，私塾老師給他出上聯「東籬客賞陶潛菊」，他脫口對出下聯：「南國人思召伯棠」。他八歲學作文，九歲能寫千字短文，十二歲第二次到廣州參加府試就進學（成為秀才）。十五歲肄業於廣州學海堂（以經學為主），放棄科舉之學，鑽研詞章、訓詁學；考試常名列前茅，得獎學金買書。十七歲，鄉試中舉人第八名；主考官李端棻把堂妹許配給他。翌年，會試（考進士）經上海時，得讀《瀛環志略》，始知世界有五大洲。同年，在廣州萬木草堂拜康有為為師，接觸宋明理學，和西方人的學問；並退出學海堂，放棄舊學。他自認一生學問得力於在萬木草堂幾年中打下的基礎。

他二十三歲時，曾擔任傳教士李提摩太的臨時祕書，得聞西方政治、歷史。當時中國積弱，列強蠶食，他感憤時局，深知非改革不能圖存。他追隨康有為提倡變法，得到光緒皇帝的支持。光緒銳意改革，首要廢除八股取士，不惜革除不合作的禮部滿漢兩尚書、四侍郎（類似今部長、次長，科舉為禮部職掌業務）。當時光緒雖已壯年，實權仍然握在保守的慈禧太后（名分是母親，血緣是伯母）手中，最後太后幽禁光緒，推翻新政，捕殺維新黨。當時是光緒二十四年戊戌，史稱康梁新政為戊戌維新（或戊戌變法），而稱舊黨奪權為戊戌政變。

政變發生，康、梁都在外國人的掩護之下逃亡海外，定居日本，受日本政府供養。當時梁啓超二十六歲，轉而辦報鼓吹變法。他在二十三歲就辦過《中外公報》，二十四歲辦《時務報》，鼓吹變法救國的思想。在日本陸續辦過《清議報》、《新民叢報》、《新小說報》、《政論雜誌》，民國元年回國後又辦過《庸言報》。他到日本後，很快就能大概閱讀當時很多漢字的日文；而西方重要著作，很快就有日文譯本。他透過日譯大量吸收西方學問，而且很熱切的把西學介紹給國民；又根據所讀所悟，在所辦的報紙上發而為文，針對中國積弱，列強環伺、岌岌可危的情況，大膽提出改革圖強的方案。他自己發明了一種鼓動人心的「新文體」，有力地宣揚他的見解，風靡一時；人稱之為「輿論界之驕子」。現代史上很多人的自傳都曾提到，讀他文章時所感受的勃勃生氣，以及受到他言論的影響。

不過，他的言論和政治主張，卻隨著他的個性和環境，而有好幾次的轉變。他到日本不久，在《清議報》的言論有如革命黨般激烈，明目張膽攻擊清廷，而且和孫中山等革命黨人往來。當初在廣州萬木草堂時，小康有為八歲的孫中山亦曾往訪，但狂妄的康有為要孫以弟子身分拜師，所以雙方沒有見面接談。而康有為一直以清廷帝師自居，視孫等為亂黨，雖然孫等曾往拜訪，日人亦熱心牽線，康卻不屑與之見面。其後，康往加拿大創立保皇會，他沒有老師在旁約束，於是和革命黨過從甚密，甚至謀商兩黨合作，並和同門建議康老師息影泉林，不必再過問政治。康有為聞訊大怒，來信痛罵他，要他離開日本，往檀香山辦理保皇會事。他沒有勇氣和老師決裂，最後只好俯首服從。去檀香山前，孫中山還介紹胞兄孫德彰和其他檀香山興中會黨人給他認識，但他到埠後大力發展保皇會勢力，相對削弱了興中會的力量，令革命派極為不滿。最後演變到互相攻訐，勢成水火；到民國之後，除了護國討袁之役曾充分合作之外，常處對立狀態。他在一九〇三年以後，不再倡言革命排滿的種族革命，而轉倡滿漢調和。他也不再談革命破壞，而主張溫和漸進的立憲；而且不是美國式共和立憲，而是英國式的君主立憲，認為最適合中國國情。後來，又主張以「開明專制」作為立憲的過渡和預備。

進入民國之後，他卻馬上接受共和的事實。這和他個性溫和，對共和沒有很深的成見，易與現實妥協有關。他組織進步黨，聯合舊官僚，對抗革命派；因為他認為革命派會演變成暴民政治，國家必將元氣大傷。他雖然在戊戌政變時被袁世凱出賣過一次，但對袁的野心認識不清，也被回國時舊官僚及各界的盛大歡迎沖昏了腦筋，高估了自己駕馭袁世凱的能力，而與袁合作。最後，終於認清了袁世凱的野心，毅然決然挺身反袁，不顧威迫利誘，在天津發表〈異哉所謂國體問題者〉，駁斥主張帝制的謬論，影響很大。他的學生蔡鍔更首揭義旗，率軍與北洋軍閥激戰。他聯合國民黨及各方反袁力量，一起擊敗袁世凱，成功維護了新生脆弱的中華民國。袁皇帝羞憤而死翌年，張勳擁清帝復辟，而康有為一直以遺老自居，時時感念聖恩，大力支持。他不惜與二十多年情誼的恩師決裂，聲討逆黨，為段祺瑞討逆軍草擬重要文告。他在民初屢次與舊官僚軍閥合作，兩度入閣想施展抱負，又擔任幣製局總裁，結果都因為大環境艱困，官僚軍閥又一再掣肘，而無所施展。民國九年歐遊歸國，覺悟必須由教育文化事業入手，先提升國民的素質，一切改良才能夠真正實踐，於是退出實際政治活動，從事教育文化事業。

早在二十一歲萬木草堂時期，他就曾在東莞任教職。二十四歲時湖南時務學堂邀他前往講學，但他選擇往上海辦《時務報》；翌年十月多他才離開上海到時務學堂任總教習。他在時務學堂雖然只有三個多月，學生四十人受他學問人格的感化卻很深遠，甚至在他逃亡日本後，十一個學生遠渡重洋去追隨他，之中最年幼的蔡鍔才十七歲。兩年後，其中六人又跟隨學堂助教唐才常在漢口起義勤王而殉難。本書所選《清代學術概論》和《護國之役回顧談》有提及師生相處的情形。他歐遊之後，先後在上海中國公學、天津南開大學、北京清華大學講學，又擔任北京圖書館館長，接辦司法儲才館；都是實踐培育人才的理想。

他雖然奔走國事，對自己子女的教育卻沒有疏忽。他自己讀譯書接觸西學，有極大的啓發；多次立心想學西文，終其一生曾學習拉丁文、英文、德文、法文等，都因為太忙碌而淺嘗即止。子女漸漸成長，他很鼓勵他們出國深造，追求新知。長女思順（字令嫻，一八九三——一九六六）雖然在身邊親自教導，因為從七歲就居住日本，所以能純熟運用日語，間接吸收西學；她也有《藝蘅館詞選》傳世。長子思成（一九〇一——一九七二）是建築史家，畢業於美國賓州大學，是一九四八年首屆中研院院士，曾設計中華人民共和國國徽、人民英雄紀念碑等。他的夫人林徽因（一九〇四——一九五五）也畢業於賓大，才華橫溢，海內知名。次子思永（一九〇四——一九五四），是考古學家，哈佛大學人類學碩士，也是一九四八年首屆中研院院士。三子思忠（一九〇七——一九三二），畢業於美國維吉尼亞軍事學院和西點軍校。次女思莊（一九〇八——一九八六）畢業於加拿大麥吉爾大學和美國哥倫比亞大學，是圖書館學家。四子思達（一九一二——二〇〇二），天津南開大學經濟學碩士，是經濟學家。三女思懿（一九一四——一九八八）燕京大學畢業，曾任政協委員。四女思寧（一九一六——　）曾就讀南開大學，抗戰失學，參加新四軍。幼子思禮（一九二四——　），美國辛辛那提大學博士，是中共導彈專家，一九九三年當選中國科學院院士。子女都幼承庭訓，受他為學為人的影響。尤其是比較大的幾個子女，縱使在遠方，他也常在百忙之中寫長信指導他們讀書方向，也為他們學成之後的出路用心謀劃。

他自己學識廣博，舉凡政治、經濟、財政、法律、教育、文學、史學、藝術、佛學、諸子學等都有涉獵，而且皆有著述。四十八歲時自剖：「啓超務廣而荒，每一學稍涉其樊，便加論列；故其所著述，多模糊影響籠統之談，甚者純然錯誤……啓超『學問慾』極熾，其所嗜之種類亦繁雜；每治一業，則耽溺焉，集中精力，盡拋其他；歷若干時日，移於他業，則又拋其前所治者；以集中精力故，故常有所得；以移時而拋故，故入焉而不深。」從今日學術專精的標準而言，他的著作的確有他所說的缺點；但他是一個開風氣之先的大師，貢獻在眼光識力，指引方向，而不是細密的具體研究成果。

他不喜歡桐城派古文，為文「務為平易暢達，時雜以俚語韻語及外國語法，縱筆所至不檢束；學者競效之，號新文體……筆鋒常帶情感，對於讀者，別有一種魔力」。他也曾提倡「詩界革命」，與譚嗣同、夏增佑等熱中以新異古怪的新名詞入詩，後來自覺艱澀，而將革命體現在精神上而不是外在形式上。換言之，「能以舊風格含新意境」；舊風格即古典詩的韻律，外來的民主、自由、民權等就是新意境。他的

《飲冰室詩話》詳近略遠，時人中最推崇黃遵憲，就是因為能夠以舊風格含新意境。他也提倡小說界革命，以政治家改革社會的立場，強調小說移風易俗的功能，並創作《新中國未來記》等小說。論者多以為他的小說革命，等於把傳統「文以載道」推到極致，而又倒錯文學與社會的關係。

八十年後回顧梁啓超一千多萬的文字，雖然很多針對時政的見解因為時代環境的改變，而慢慢褪色，但字裡行間所閃耀的灼見，和鼓動人心的感染力，以及救亡圖存的胸襟懷抱，仍然令人動容。

變法通議（節錄）

自序

法何以必變？凡在天地之間者，莫不變。晝夜變而成日，寒暑變而成歲；大地肇起，流質炎炎，熱熔冰遷，累變而成地球；海草螺蛤，大木大鳥，飛魚飛鼉[1]，袋獸脊獸，彼生此滅，更代迭變，而成世界；紫血紅血，流注體內，呼炭吸養，刻刻相續，一日千變，而成生人。借曰不變，則天地人類，並時而息矣。故夫變者，古今之公理也。貢助之法變為租庸調，租庸調變為兩稅，兩稅變為一條鞭；井乘之法變為府兵，府兵變為彍騎，彍騎變為禁軍；學校升造之法變為薦辟，薦辟變為九品中正，九品變為科目。上下千歲，無時不變，無事不變，公理有固然，非夫人之為也。為不變之說者，動曰守古守古，庸詎知自太古、上古、中古、近古以至今日，固已不知萬百千變。今日所目為古法而守之者，其於古人之意，相去豈可以道里計哉！

今夫自然之變，天之道也，或變則善，或變則敝。有人道焉，則智者之所審也。語曰：「學者上達，不學下達。」惟治亦然，委心任運，聽其流變，則日趨於敝；振刷整頓，斟酌通變，則日趨於善。吾揆之於古，一姓受命，創法立制，數葉以後，其子孫之所奉行，必有以異於其祖父矣。而彼君民上下，猶僩焉以為吾今日之法吾祖，前者以之治天下而治，薾然守之，因循不察，漸移漸變，百事廢弛，卒至疲敝，不可收拾。代興者審其敝而變之，斯為新王矣。苟其子孫達於此義，自審其敝而自變之，斯號中興矣。漢唐中興，斯固然矣。

《詩》曰：「周雖舊邦，其命維新。」言治舊國必用新法也。其事甚順，其義至明，有可為之機，有可取之法，有不得不行之勢，有不容少緩之故。為不變之說者，猶曰守古守古，坐視其因循廢弛，而漠然無所動於中。嗚呼！可不謂大惑不解者乎！《易》曰：「窮則變，變則通，通則久。」伊尹曰：「用其新，去其陳，病乃不存。」夜不炳燭則昧，冬不御裘則寒，渡河而乘陸車者危，易證而嘗舊方者死。

今專標斯義，大聲疾呼，上循土訓誦訓之遺，下依矇諷鼓諫之義，言之無罪，聞者足興。為六十篇，分類十二。知我罪我，其無辭焉。

論不變法之害

今有巨廈，更歷千歲，瓦墁毀壞，榱棟崩折，非不枵然❷大也，風雨猝集，則傾圮必矣。而室中之人，猶然酣嬉鼾臥，漠然無所聞見；或則睹其危險，惟知痛哭，束手待斃，不思拯救；又其上者，補苴罅漏❸，彌縫蟻穴，苟安時日，以覬有功。此三人者，用心不同，漂搖一至，同歸死亡。善居室者，去其廢壞，廓清而更張之，鳩工庀材❹，以新厥構；圖始雖艱，及其成也，輪焉奐焉，高枕無憂也。惟國亦然：由前之說罔不亡，由後之說罔不強。

印度大地最古之國也，守舊不變，夷為英藩矣。突厥地跨三洲，立國歷千年，而守舊不變，為六大國執其權、分其地矣。非洲廣袤，三倍歐土，內地除沙漠一帶外，皆植物饒衍，畜牧繁盛，土人不能開化，拱手以讓強敵矣。波蘭為歐西名國，政事不修，內訌日起，俄、普、奧相約，擇其肉而食矣。中亞洲回部，素號驍悍，善戰鬥，而守舊不變，俄人鯨吞蠶食，殆將盡之矣。越南、緬甸、高麗，服屬中土，漸染習氣，因仍弊政，薾靡不變，漢官威儀，今無存矣。今夫俄宅苦寒之地，受蒙古鈐轄，前皇殘暴，民氣凋喪，岌岌不可終日；自大彼得遊歷諸國，學習工藝，歸而變政，後王受其方略，國勢日盛，闢地數萬里也。今夫德列國分治，無所統紀，為法所役，有若奴隸；普人發憤，興學練兵，遂蹶強法，霸中原也。今夫日本幕府專政，諸藩力征，受俄、德、美大創，國幾不國；自明治維新，改弦更張，不三十年，而奪我琉球，割我臺灣也。又如西班牙、荷蘭，三百年前，屬地遍天下；而內治稍弛，遂即陵弱，國度夷為四等。暹羅處緬、越之間，同一綿薄；而稍自振厲，則巋然尚存。記曰：「不知來，視諸往。」又曰：「前車覆，後車戒。」大地萬國，上下百年間，強盛弱亡之故，不爽累黍，蓋其幾之可畏如此也！

中國立國之古等印度，土地之沃邁突厥，而因沿積敝不能振變，亦伯仲於二國之間，以故地利不闢，人滿為患。河北諸省，歲雖中收，猶道殣相望❺。京師一冬，死者千計。一有水旱，道路不通，運賑無術，任其填委，十室九空。濱海小民，無所得食，逃至南洋、美洲諸地，鬻身為奴，猶被驅迫，喪斧以歸。馴者轉於溝壑，黠者流為盜賊。教匪會匪，蔓延九州，伺隙而動。工藝不興，商務不講，土貨日見減色；而他人投我所好，製造百物，暢銷內地，漏卮日甚，脂膏將枯。學校不立，學子於帖括外，一物不知；其上者考據詞章，破碎相尚，語以瀛海，瞠目不信；又得官甚難，治生無術，習於無恥，嘗不知怪。兵學不講，綠營❻防勇，老弱癖煙，凶悍騷擾，無所可用；一旦軍興，臨事募集，半屬流丐，器械窳苦，饟糈❼微薄；偏裨❽以上，流品猥雜，一字不識，無論讀圖，營例不諳，無論兵法；以此與他人學問之將、紀律之師相遇，百戰百敗，無待交綏❾。官制不善，習非所用，用非所習，委權胥吏，百弊蝟起❿；一官數人，一人數官，牽制推諉，一事不舉；保獎蒙混，鬻爵充塞，朝為市儈，夕登顯秩；宦途壅滯，候補窘悴，非鑽營奔競⓫，不能療飢，俸廉微薄，供億繁浩，非貪汙惡鄙，無以自給；限年繩格，雖有奇才，不能特達，必俟其筋力既衰，暮氣將深，始任以事，故肉食盈廷，而乏才為患。法敝如此，雖敵國外患，晏然無聞，君子猶或憂之，況於以一羊處群虎之間，抱火厝之積薪之下而寢其上者乎？

孟子曰：「國必自伐，然後人伐之。」又曰：「未聞以千里畏人者也。」又曰：「能治其國家，誰敢侮之！」中國戶口之眾，冠於大地；幅員式廓，亦俄、英之亞也；礦產充溢，積數千年，未經開採；土地沃衍，百植並宜；國處溫帶，其民材智；

君權統一，欲有興作，不患阻撓：此皆歐洲各國之所無也。夫以舊法之不可恃也如彼，新政之易為功也又如此，何捨何從，不待智者可以決矣。

難者曰：今日之法，匪今伊昔，五帝三王之所遞嬗，三祖八宗之所詒謀，累代率由，歷有年所，必謂易道乃可為治，非所敢聞。釋之曰：不能創法，非聖人也；不能隨時，非聖人也。上觀百世，下觀百世，經世大法，惟本朝為善變。入關之初，即下薙髮之令，頂戴翎枝，端罩馬褂，古無有也，則變服色矣。用達海創國書，借蒙古字以附滿洲音，則變文字矣。用湯若望、羅雅谷作憲書，參用歐羅巴[12]法，以改大統曆，則變曆法矣。聖祖皇帝，永免滋生人口之賦，併入地賦，自商鞅以來，計人之法，漢武以來，課丁之法，無有也，則變賦法矣。舉一切城工河防，以及內廷營造，行在[13]治蹕，皆雇民給直，三王於農隙使民，用民三日，且無有也，則變役法矣。平民死刑，別為二等，曰情實，曰緩決，猶有情實而不予句者，仕者罪雖至死，而子孫考試入仕如故，如前代所沿，夷三族之刑，發樂籍之刑，言官受廷杖、下鎮撫司獄之刑，更無有也，則變刑法矣。至於國本之說，歷代所重，自理密親王之廢，世宗創為密緘之法，高宗至於九降綸音，編為《儲貳金鑒》[14]，為世法戒，而曹儒始知大計矣。巡幸之典，諫臣所爭，而聖祖、高宗，皆數幸江南，木蘭秋獮[15]，歲歲舉行；昧者或疑之，至仁宗貶謫松筠，宣示講武習勞之意，而庸臣始識苦心矣。漢、魏、宋、明，由旁支入繼大統者，輒議大禮，斷斷爭訟；高宗援據《禮經》，定本生父母之稱，取葬以士、祭以大夫之義，聖人制禮，萬世不易，觀於醇賢親王之禮，而天下翕然⑯稱頌矣。凡此皆本朝變前代之法，善之又善者也。至於二百餘年，重熙累洽，因時變制，未易縷數。數其舉舉大者⑰：崇德以前，以八貝勒分治所部，太宗與諸兄弟，朝會則共坐，餉用則均出，俘虜則均分；世祖入關，始嚴天澤之分，裁抑諸王驕蹇之習，遂壹寰宇，詒謀至今矣。累朝用兵，拓地數萬里，膺閫外之寄，多用滿、蒙；逮文宗而兼用漢人，輔臣文慶，力贊成之，而曾、左諸公，遂稱名將矣。八旗勁旅，天下無敵，既削平前三藩、後三藩⑱，乾隆中屢次西征，猶復簡調前往，朝馳羽檄，夕報捷書；逮宣宗時，而知索倫兵不可用，三十年來，殲蕩流寇，半賴召募之勇以成功，而同治遂號中興矣。內而治寇，始用堅壁清野之法，一變而為長江水師，再變而為防河圈禁矣；外而交鄰，始用閉關絕市之法，一變而通商者十數國，再變而命使者十數國矣。此又以本朝變本朝之法者也。吾聞聖者慮時而動。使聖祖、世宗生於今日，吾知其變法之銳，必不在大彼得（俄皇名）、威廉第一（德皇名）、睦仁（日皇名）之下也。記曰：「法先王者法其意。」今泥祖宗之法，而戾祖宗之意，是烏得為善法祖矣乎？

中國自古一統，環列皆小蠻夷，但虞內憂，不患外侮，故防弊之意多，而興利之意少，懷安之念重，而慮危之念輕。秦後至今，垂二千年，時局匪有大殊，故治法亦可不改。國初因沿明制，稍加損益，稅斂極薄，征役幾絕。取士以科舉，雖不講經世，而足以颺太平；選將由行伍，雖未嘗學問，然足以威萑苻[19]；任官論資格，雖不得異材，而足以止奔競。天潢外戚，不與政事，故無權奸僭恣之虞；督撫監司，互相牽制，故無藩鎮跋扈之患。使能閉關畫界，永絕外敵，終古為獨立之國，則墨守斯法，世世仍之，稍加整頓，未嘗不足以治天下；而無如其忽與泰西[20]諸國相遇也。泰西諸國並立，大小以數十計，狡焉思啓，互相猜忌，稍不自振，則滅亡隨之矣。故廣設學校，獎勵學會，懼人才不足，而國無與立也；振興工藝，保護商業，懼利源為人所奪，而國以窮蹙也；將必知學，兵必識字，日夜訓練，如臨大敵，船械新製，爭相駕尚，懼兵力稍弱，一敗而不可振也。自餘庶政，罔不如是。日相比較，日相磨厲，故其人之才智，常樂於相師，而其國之盛強，常足以相敵。蓋舍是不能圖存也。而所謂獨立之國者，目未見大敵，侈然自尊，謂莫己若；又欺其民之馴弱而凌牿之，慮其民之才智而束縛之，積弱陵夷，日甚一日。以此遇彼，猶以敝癰當千鈞之弩，故印度、突厥（突厥居歐東，五十年前未與英、法諸國交涉，故亦為獨立之國。）之覆轍，不絕於天壤也。

難者曰：法固因時而易，亦因地而行。今子所謂新法者，西人習而安之，故能有功，苟遷其地則弗良矣。釋之曰：泰西治國之道，富強之原，非振古如茲也，蓋自百年以來焉耳。舉官新制，起於嘉慶十七年；（先是歐洲舉議院及地方官，惟擁厚貲者能有此權。是年，拿破侖變西班牙之政，始令人人可以舉官。）民兵之制，起於嘉慶十七年；工藝會所，起於道光四年；農學會，起於道光二十八年；國家撥款以興學校，起於道光十三年；報紙免稅之議，起於道光十六年；郵政售票，起於道光十七年；輕減刑律，起於嘉慶二十五年；汽機之製，起於乾隆三十四年；行海輪船，起於嘉慶十二年；鐵路起於道光十年；電線起於道光十七年；自餘一切保國之經，利民之策，相因而至，大率皆在中朝嘉、道之間。蓋自法皇拿破侖倡禍以後，歐洲忽生動力，因以更新。至其前此之舊俗，則視今日之中國無以遠過。（英人李提摩太近譯《泰西新史攬要》，言之最詳。）惟其幡然而變，不百年間，乃浡然㉑而興矣。然則吾所謂新法者，皆非西人所故有，而實為西人所改造。改而施之西方，與改而施之東方，其情形不殊，蓋無疑矣。況蒸蒸然起於東土者，尚明有因變致強之日本乎？

難者曰：子言辯矣。然伊川被髮，君子所嘆，用彝變夏，究何取焉？釋之曰：孔子曰：「天子失官，學在四彝。」《春秋》之例，彝狄進至中國，則中國之。古之聖人，未嘗以學於人為慚德也。然此不足以服吾子。請言中國：有土地焉，測之繪之，化之分之，審其土宜，教民樹藝，神農、后稷，非西人也。度地居民，歲杪[22]制用，夫家眾寡，六畜牛羊，纖悉書之，《周禮．王制》，非西書也。八歲入小學，十五就大學，升造爵官，皆俟學成，庠序學校，非西名也。謀及卿士，謀及庶人，國疑則詢，國遷則詢，議郎博士，非西官也。（漢制，博士與議郎、議大夫同主論議，國有大事則承問，即今西人議院之意。）流宥五刑，疑獄眾共，輕刑之法，陪審之員，非西律也。三老嗇夫[23]，由民自推，辟署功曹，不用他郡，鄉亭之官，非西秩也。爾無我叛，我無強賈，商約之文，非西史也。交鄰有道，不辱君命，絕域之使，非西政也。邦有六職，工與居一，國有九經，工在所勸，保護工藝，非西例也。當寧而立，當扆[24]而立，禮無不答，旅揖士人，《禮經》所陳，非西制也。天子巡守，以觀民風，皇王大典，非西儀也。地有四遊，地動不止，日之所生為星，毖緯雅言，非西文也。腐水離木，均發均縣，臨鑑立景，蜕水調氣，雷緣氣生，墨翟、亢倉、關尹之徒，非西儒也。故夫法者天下之公器也。征之域外則如彼，考之前古則如此，而議者猶曰彝也彝也而棄之，必舉吾所固有之物，不自有之，而甘心以讓諸人，又何取耶？

難者曰：子論誠當。然中國當敗衄之後，窮蹙之日，慮無餘力克任此舉；強敵交逼，眈眈思啓，亦未必能吾待也。釋之曰：日本敗於三國，受迫通商，反以成維新之功。法敗於普，為城下之盟，償五千兆福蘭格，割奧斯、鹿林兩省，此其痛創過於中國今日也；然不及十年，法之盛強，轉逾疇昔。然則敗衄非國之大患，患不能自強耳。孟子曰：「國家閑暇，及是時明其政刑，雖大國必畏之矣。」又曰：「國家閑暇，及是時般樂㉕怠敖，是自求禍也。」泰西各國，磨牙吮血，伺於吾旁者固屬有人；其顧惜商務，不欲發難者，亦未始無之。徒以我晦盲太甚，厲階孔繁，用啓戎心，亟思染指。及今早圖，示萬國以更新之端，作十年保太平之約，亡羊補牢，未為遲也。

天下之為說者，動曰一勞永逸，此誤人家國之言也。今夫人一日三食，苟有持說者曰：一食永飽，雖愚者猶知其不能也，以飽之後歷數時而必飢，飢而必更求食也。今夫立法以治天下，則亦若是矣。法行十年或數十年、或百年而必敝，敝而必更求變，天之道也。故一食而求永飽者必死，一勞而求永逸者必亡。今之為不變之說者，實則非真有見於新法之為民害也，誇毗[26]成風，憚於興作，但求免過，不求有功；又經世之學，素所未講，內無宗主，相從吠聲。聽其言論，則日日痛哭，讀其詞章，則字字孤憤；叩其所以圖存之道，則眙然無所為，對曰天心而已，國運而已，無可為而已，委心袖手，以待覆亡。噫，吾不解其用心何在也！

要而論之，法者天下之公器也，變者天下之公理也。大地既通，萬國蒸蒸，日趨於上。大勢相迫，非可閼制。變亦變，不變亦變。變而變者，變之權操諸己，可以保國，可以保種，可以保教；不變而變者，變之權讓諸人，束縛之，馳驟之，嗚呼！則非吾之所敢言矣。是故變之途有四：其一，如日本，自變者也；其二，如突厥，他人執其權而代變者也；（埃及、高麗等國皆是）其三，如印度，見併於一國而代變者也；（越南、緬甸等國皆是）其四，如波蘭，見分於諸國而代變者也。吉凶之故，去就之間，其何擇焉？《詩》曰：「嗟我兄弟，邦人諸友，莫肯念亂，誰無父母！」《傳》曰：「嫠婦不恤其緯，而憂宗周之賈，為將及焉。[27]」此固四萬萬人之所同也。彼猶太之種，迫逐於歐東；非洲之奴，充斥於大地。嗚呼！夫非猶是人類也歟！

注釋

❶鼉　音ㄊㄨㄛˊ。動物名。生水中，似蜥蜴，皮可製鼓。或稱為「鼉龍」、「靈鼉」、「豬婆龍」、「揚子鱷」。
❷枵然　空曠寬大的樣子。枵，音ㄒㄧㄠ。
❸補苴罅漏　比喻彌補事物的缺失。苴，音ㄐㄩ。補；彌補。罅，音ㄒㄧㄚˋ。破裂；裂縫。
❹鳩工庀材　招集工人，準備材料。指將要有所作為。庀，音ㄆㄧˇ。
❺道殣相望　餓死的人很多，在路上到處可以看見。殣，音ㄐㄧㄣˇ。餓死。也指餓死的人。
❻綠營　滿清入關後組成的漢人軍隊。以綠旗為識別，駐紮各省和邊疆地區，受督撫節制。是旗兵腐化後清室的作戰主力。太平天國亂後，漸為湘軍、淮軍所替代。
❼糈　音ㄒㄩˇ。糧食。
❽偏裨　偏將；副將。裨，音ㄆㄧˊ。
❾交綏　兩軍交戰。
❿蝟起　蝟毛豎立起來。比喻事端紛紛發生。
⓫奔競　奔走競爭。指熱中於名利。
⓬歐羅巴　Europe 的音譯。即歐洲。

⑬行在　古代帝王巡幸所居住的地方。

⑭自理密親王之廢四句　康熙次子胤礽，因其母受寵而破例被立為皇太子，後因故被廢，改封為理密親王。雍正鑑於康熙後期嗣位之爭，創祕密建儲之法。後乾隆下令編纂《古今儲貳金鑑》，搜集從西周至明朝因冊立儲貳招致禍亂的事例，鞏固了秘密建儲的理論。

⑮獮　音ㄒㄧㄢˇ。古代稱秋天的行獵。

⑯翕然　安定和順的樣子。

⑰犖犖大者　非常明顯。犖，音ㄌㄨㄛˋ。

⑱前三藩後三藩　前三藩指明福王、唐王、桂王；後三藩指平西王吳三桂、平南王耿仲明、靖南王尚可喜。

⑲萑苻　古沼澤名。因蘆草叢生，容易藏身，所以借指農民起事或盜賊出沒的地方。萑，音ㄏㄨㄢˊ。

⑳泰西　極西。明清時指歐美各國。

㉑浡然　興盛的樣子。浡，通「勃」。

㉒歲杪　年底。杪，音ㄇㄧㄠˇ。

㉓嗇夫　古官名。秦代時設置。掌管聽訟、稅賦之事。

㉔扆　音ㄧˇ。指戶牖間畫有斧形圖案的屏風。或指古代宮殿窗與門之間的地方。

㉕般樂　玩樂；遊樂。般，音ㄆㄢˊ。

㉖誇毗　躬身屈足順從人的樣子。毗，音ㄆㄧˊ。

㉗ 嫠婦不恤其緯三句　寡婦不擔心自己所紡織的緯紗，卻憂愁周王朝的宗廟社稷，怕國家滅亡，禍及自己。後比喻人因憂國而忘身。霣，音ㄩㄣˇ。通「隕」。墜落。

賞析

《變法通議》全文六萬多字，作於一八九六年（光緒二十二年）。當時作者二十四歲，任上海新創的《時務報》（旬刊，每冊約二十餘頁）主筆，《變法通議》首篇即發表於《時務報》第一冊。兩年之後，光緒帝召見作者時，也要他進呈閱覽。此處選錄開首兩篇，全文各篇依次為：〈自序〉、〈論不變法之害〉、〈論變法不知本原之害〉、〈學校總論〉、〈論科舉〉、〈論學會〉、〈論師範〉、〈論女學〉、〈論幼學〉、〈學校餘論〉、〈論譯書〉、〈論變法必自平滿漢之界始〉、〈論金銀漲落〉、〈論變法後安置守舊大臣之法〉。全文收錄於《飲冰室文集》首冊。

作者在〈自序〉中強調「變」是宇宙間的真理，宇宙萬事萬物時時刻刻都在變。自然界不止息的在變化運行，人為的各種制度也一直在變：稅法、兵制、官制等等都在變。作者引《詩經》、《易經》和歷史上的制度來佐證其主張，現在一般讀者或者覺得不夠淺白曉暢，但作者設想的讀者是有識之士，而當時一般受過中等教育的人，國學基礎遠比現在尋常大學生好。

次篇〈論不變法之害〉，反覆申明沒有不變法的理由，不變法不只不能苟安，反而會滅亡。第二段舉出各國的例子：不肯變法妄圖苟安的國家，不久都淪為強國刀俎上的魚肉，而強國皆由於變法而富強。第三段舉出目前國政弊端叢出，不能不變革。以下各段則預設反對者可能的持論，預為駁詰，歷數華夏的古代聖王，本來就不斷求新求變來適應新情勢，本朝（清朝）賢君聖祖康熙、世宗雍正、高宗乾隆也多有革新；而且中國目前處境危殆，不變實不足以圖存——失國的猶太人和黑奴就是不遠的殷鑑。

公車上書請變通科舉折

具呈舉人梁啓超等，為國事危急由於科舉乏才，請特下明詔，將下科鄉會試及此後歲科試停止八股試帖，推行經濟六科，以育人才而禦外侮，伏乞代奏事。

竊頃者強敵交侵，割地削權，危亡岌岌，人不自保，皇上臨軒發嘆，天下扼腕殷憂，皆人才乏絕，無以禦侮之故。然嘗推求本原，皆由科第不變致之也。夫近代官人皆由科舉，公卿百執，皆自此出，是神器所由寄，百姓所由託，其政至重也。邑聚千數百童生而擢十數人為生員，省聚萬數千生員而拔百數十人為舉人，天下聚數千舉人而拔百數人為進士，復於百數進士而拔數十人為翰林，此其選之精也；然內政、外交、治兵、理財無一能舉者，則以科舉之試，以詩文楷法取士，學非所用、用非所學故也。凡登第皆當壯艾之年，況當官即為政事所累，婚宦交逼，應接實繁，故待從政而後讀書，必無此理。此所以相率為無用之才也。非徒無用而已，又更愚之。二十行省童生數百，乃皆民之秀也，而試之以割裂、搭截、枯困、纖小、不通之題；學額極隘，百十不得一，則有窮老盡氣終身從事於割裂、搭截、枯困、纖小、侮聖之文，而不暇他及者，是使數百萬之秀民，皆為棄才也。若為生員，宜可為學矣，則制藝❶功令禁用後世書、後世事；於是天下父兄師長慮子弟之文以駁雜見黜，禁其讀書，非徒子史不觀，甚且正經不讀，既可惰學，又便速化，誰不從之？至朝殿試臨軒重典，亦僅試楷法或挑破體，故雖為額甚隘，得之甚艱，老宿奇才，亦多黜落；而乳臭之子，沒字之碑，粗解庸濫墨調，能為楷法，亦多僥倖登第者。其循資至公卿，可為總裁閱卷；其資淺下者，亦放同考試差。謬種流傳，天下同風。故自考官及多士，多有不識漢唐為何朝，貞觀為何號者；至於中國之輿地不知，外國之名形不識，更不足責也。其能稍通古今者，郡邑或不得一人；其能通達中外博達政教之故及有專門之學者，益更寡矣。以彼人才至愚極陋如此，而當官任政如彼，而以當泰西十六之強國萬億之新學新藝，其為所凌弱宰割拱手受縛，乃其固然也。乾隆時舒赫德嘗請廢之矣，禮官泥於舊習，謂舉業發明義理，名臣多出其間，千年立國，未嘗有害。此似是而非之謬論，亡我國割我地者，皆自此言也。夫明孔孟之義理，為論體已可，何為試割裂題以侮聖言，限以八股代言之制而等於倡優哉！「名臣多出其間，「可以治國無害」者，乃先抑天下於至愚，而用其稍智者治之。此施於一統閉關之世則可，若以較之泰西列國人才，則昔所謂名臣者，亦非有專門之學，通中外之故，不過才局可用，其為愚如故也。

且科舉之法，非徒愚士大夫無用已也，又並其農、工、商、兵、婦女而皆愚而棄之。夫欲富國必自智其農、工、商始，欲強其兵必自智其兵始。泰西民六七歲必皆入學，識字學算，粗解天文輿地，故其農、工、商、兵、婦女皆知學，皆能閱報。吾之生童固農、工、商、兵、婦女之師也。吾生童無專門之學，故農不知植物，工不知製物，商不知萬國物產，兵不知測繪算數，婦女無以助其夫。是皇上撫有四萬萬有用之民，而棄之無用之地，至兵不能禦敵，而農、工、商不能裕國，豈不大可痛哉！

今科舉之法豈惟愚其民，又將上愚王公。自非皇上天亶聖明，不能不假於師學。近支王公皆學於上師房之師傅，師傅皆出自楷法八股之學，不通古今中外之故，政治專門之業，近支王公又何從而開其學識以為議政之地乎？故科舉為法之害，莫有重大於茲者。

夫當諸國競智之時，吾獨愚其士人、愚其民、愚其王公，以與智敵，是自掩閉其耳目，斷刖其手足，以與烏獲、離婁搏，豈非自求敗亡哉！昔我聖祖仁皇帝已赫然變之矣，然此後復行之而無害者，竊謂當閉關臥治、士民樂業之時，無強敵之比較，無奸宄之生心，雖率由千年，群愚熙熙，固無害也。無如大地忽通，強鄰四逼，水漲堤高，專視比較，有一不及，敗績立見。人皆智而我獨愚，人皆練而我獨暗，豈能立國乎！故言守八股楷法不變者，皆不學之人，便其苟竊科第之私耳。我皇上則以育才造士、任官禦侮為主，何愛於割裂、枯困、空疏之文，方光烏端楷之字，而循庸謬之人，委以神器之重，以自棄其數百萬之秀民，而割千萬里之地，以亡我三百年祖宗艱難締構之天下乎？

頃者伏讀上諭舉行經制之科，天下咸仰見旁求之盛意矣。而以舊科未去，經制常科，額又甚隘，舉人等從田間來，見生童晝夜咿唔，尚誦讀割裂、搭截、庸惡、陋劣之文如故。舉人等亦未免習寫楷法，以備過承策問之用。當時局危急如此，而天下人士為無用之學如彼，豈不可為大憂哉！此非徒多士之無恥，亦有司議例之過，以誤我皇上，以亡我中國也。夫《易》尚窮變，《禮》觀會通。今臣工頻請開中西學堂，皇上頻詔有司開京師大學矣；然竊觀直省生童之為八股以應科舉，一邑百千皆非郡邑教官教之者，蓋上以是求，下以是應。昔齊桓服紫，一國皆服紫❷；楚靈細腰，宮人餓死❸。皇上撫有四萬萬之民，倍於歐羅巴全洲十六國之數，有雷霆萬鈞之力，轉移天下之權，舉天下之人而陶冶成才以禦侮興治，在一反掌間耳，奚憚而不為哉？查經制常科已由總理各國事務衙門王大臣會同禮部議准頒行，伏乞皇上憂恤國家，哀憐多士，奉聖祖仁皇帝之初制，盡行經制科之條例，斷自聖衷，不必令禮官再議，特下明詔，宣布天下：今自丁酉、戊戌鄉會試之後，下科鄉會試停止八股試帖，皆歸併經制六科舉行；其生童歲科試，以經古場為經制正場，《四書》文為二場，並廢八股試帖體格。天下向風，改視易聽，必盡廢其咿唔、割裂、腐爛之文，而從事於經制之學。得此三年講求，下科人才必有可觀。風化轉移，人才不可勝用。皇上挾以復仇雪恥，何所往而不可哉！變法之要，莫過於此。

舉人等素習舉業，並講楷法，於兵、農、工、商、內政、外交之學，向未講求；至外國新法及一切情形，尤所未睹。將來幸被貢舉，皇上授官任政不出舉人等，既內自慚悚，實恐誤國。頊上痛誤國，下恤身家，不敢復戀舊習，以徇私便，同聲知誤，更無異辭。謹合辭上瀆。伏乞代奏皇上聖鑒。謹呈。

注釋

❶制藝　指八股文。

❷齊桓服紫，一國皆服紫　齊桓公喜歡穿紫色的衣服，結果全國的人都跟著穿紫色的衣服。但當時紫色的衣服很貴，桓公為此非常擔心，便聽從管仲建議，假裝自己很討厭紫色衣服的氣味，三天後，國境內再也沒有人穿紫色的衣服了。

❸楚靈細腰，宮人餓死　楚靈王喜歡人家細腰，所以他的臣子每天都強迫自己只吃一碗飯，穿衣服時，先用力吸一口氣才繫上腰帶，必須扶著牆才能站起來，過了一年，滿朝的臣子都變得又黑又瘦。

賞析

這是一八九八年（光緒二十四年戊戌）作者二十六歲時寫作，「折」就是「摺」，也就是「奏折」，指寫給皇帝的公文；因為這是上書光緒皇帝的文章，所以稱「折」。當時作者是廣東省赴京考進士試的舉人，典雅的稱呼叫「公車」；因為漢朝用公家的車子送各地應朝廷徵召的人，故有此稱。因為考生的身分不夠資格直接上奏，要由夠資格的官員代為遞奏折，所以文末說「伏乞代奏」。

作者的主張不是要廢除科舉，而是要改變科舉的考試方向。因為考八股文、講究楷書工整（通過會試之後的廷試是全額錄取，差別在於名次，而書法是否工整，格式是否正確很有關係。）根本不能選拔出治國理民的真人才，而考試的範圍與命題的方式，會左右千千萬萬讀書人為學的方向。再者，目前列強環伺，八股取士選出來的官吏，不可能拯救危急存亡之際的中國。所以，科舉應該考實用的科目，尤其是國家目前迫切缺乏人才的科目。

為了避免「為自己打算」的指責，作者最後強調：他主張要考的，都是他外行的學問（這當然是謙虛的說法）。同時赴考的舉人，有的擔心朝廷真的會改變考科，害他們幾十年寒窗的努力付諸流水，激動得想要揍他。

此文見於《飲冰室文集》第三冊，原刊於作者主筆的澳門《知新報》第五十五冊（一八九八年六月九日），但寫作呈遞的時間是四月。五月，皇帝就召見他，並且決心變法，下召廢八股取士。可惜維新不過百日，光緒被慈禧幽禁，康有為和作者亡命海外。

戊戌政變記（節錄）

譚嗣同傳

譚君字復生，又號壯飛，湖南瀏陽縣人。少倜儻有大志，淹通群籍，能文章，好任俠，善劍術。父繼洵，官湖北巡撫。幼喪母，為父妾所虐，備極孤孽苦，故操心危，慮患深，而德慧術智日增長焉。弱冠從軍新疆，遊巡撫劉公錦棠幕府。劉大奇其才，將薦之於朝；會劉以養親去官，不果。自是十年，來往於直隸、新疆、甘肅、陝西、河南、湖南、湖北、江蘇、安徽、浙江、臺灣各省，察視風土，物色豪傑。然終以巡撫君拘謹，不許遠遊，未能盡其四方之志也。

自甲午戰事後，益發憤提倡新學，首在瀏陽設一學會，集同志講求磨礪，實為湖南全省新學之起點焉。時南海先生❶方倡強學會於北京及上海，天下志士，走集應和之。君乃自湖南溯江下上海，遊京師，將以謁先生，而先生適歸廣東，不獲見。余方在京師強學會任記纂之役，始與君相見，語以南海講學之宗旨，經世之條理，則感動大喜躍，自稱私淑弟子，自是學識更日益進。時和議初定，人人懷國恥，士氣稍振起。君則激昂慷慨，大聲疾呼。海內有志之士，睹其丰采，聞其言論，知其為非常人矣。以父命就官為候補知府，需次金陵者一年，閉戶養心讀書冥探孔佛之精奧，會通群哲之心法，衍繹南海之宗旨，成《仁學》一書。又時時至上海與同志商量學術，討論天下事，未嘗與俗吏一相接。君常自謂「作吏一年，無異入山」。

時陳公寶箴為湖南巡撫，其子三立輔之，慨然以湖南開化為己任。丁酉六月，黃君遵憲適拜湖南按察使之命；八月，徐君仁鑄又來督湘學。湖南紳士□□□□□□□□等蹈厲奮發，提倡桑梓，志士漸集於湘楚。陳公父子與前任學政江君標，乃謀大集豪傑於湖南，並力經營，為諸省之倡。於是聘余及□□□□□□等為學堂教習，召□□□歸練兵。而君亦為陳公所敦促，即棄官歸，安置眷屬於其瀏陽之鄉，而獨留長沙，與群志士辦新政。於是湖南倡辦之事，若內河小輪船也，商辦礦務也，湘粵鐵路也，時務學堂也，武備學堂也，保衛局也，南學會也，皆君所倡論擘畫者，而以南學會最為盛業。設會之意，將合南部諸省志士，聯為一氣，相與講愛國之理，求救亡之法，而先從湖南一省辦起，蓋實兼學會與地方議會之規模焉。地方有事，公議而行，此議會之意也；每七日大集眾而講學，演說萬國大勢及政學原理，此學會之意也。於時君實為學長，任演說之事。每會集者千數百人，君慷慨論天下事，聞者無不感動，故湖南全省風氣大開，君之功居多。

今年四月，定國是之詔既下，君以學士徐公致靖薦被徵。適大病不能行，至七月乃扶病入覲，奏對稱旨。皇上超擢四品卿銜軍機章京，與楊銳、林旭、劉光第同參預新政，時號為軍機四卿。參預新政者，猶唐宋之參知政事，實宰相之職也。皇上欲大用康先生，而上畏西后，不敢行其志。數月以來，皇上有所詢問，則令總理衙門傳旨，先生有所陳奏，則著之於所進呈書之中而已。自四卿入軍機，然後皇上與康先生之意始能少通，銳意欲行大改革矣。而西后及賊臣忌益甚，未及十日，而變已起，君之始入京也，與言皇上無權西后阻撓之事，君不之信。及七月二十七日，皇上欲開懋勤殿設顧問官，命君擬旨，先遣內侍持歷朝聖訓授君，傳上言康熙、乾隆、咸豐三朝有開懋勤殿故事，令查出引入上諭中，蓋將以二十八日親往頤和園請命西后云。君退朝，乃告同人曰：「今而知皇上之真無權矣。」至二十八日，京朝人人咸知懋勤殿之事，以為今日諭旨將下，而卒不下，於是益知西后與帝之不相容矣。二十九日，皇上召見楊銳，遂賜衣帶詔，有「朕位幾不保，命康與四卿及同志速設法籌救」之詔。君與康先生捧詔慟哭，而皇上手無寸柄，無所為計。時諸將之中，惟袁世凱久使朝鮮，講中外之故，力主變法。君密奏請皇上結以恩遇，冀緩急或可救助，詞極激切。八月初一日，上召見袁世凱，特賞侍郎。初二日復召見。初三日夕，君徑造袁所寓之法華寺，直詰袁曰：「君謂皇上何如人也？」袁曰：「曠代之聖主也。」君曰：「天津閱兵之陰謀❷，君知之乎？」袁曰：「然，固有所聞。」君乃直出密詔示之曰：「今日可以救我聖主者，惟在足下，足下欲救則救之。」又以手自撫其頸曰：「苟不欲救，請至頤和園首僕而殺僕，可以得富貴也。」袁正色厲聲曰：「君以袁某為何如人哉？聖主乃吾輩所共事之主，僕與足下同受非常之遇，救護之責，非獨足下，若有所教，僕固願聞也。」君曰：「榮祿密謀，全在天津閱兵之舉，足下及董、聶三軍，皆受榮所節制，將挾兵力以行大事。雖然，董、聶不足道也，天下健者惟有足下。若變起，足下以一軍敵彼二軍，保護聖主，復大權，清君側，肅宮廷，指揮若定，不世之業也。」袁曰：「若皇上於閱兵時疾馳入僕營，傳號令以誅奸賊，則僕必能從諸君子之後，竭死力以補救。」君曰：「榮祿遇足下素厚，足下何以待之？」袁笑而不言。袁幕府某曰：「榮賊並非推心待慰帥者。昔某公欲增慰帥兵，榮曰：『漢人未可假大兵權。』蓋向來不過籠絡耳。即如前年胡景桂參劾慰帥一事，胡乃榮之私人，榮遣其劾帥而己查辦，昭雪之以市恩；既而胡即放寧夏知府，旋升寧夏道。此乃榮賊心計險極巧極之處，慰帥豈不知之？」君乃曰：「榮祿固操莽之才，絕世之雄，待之恐不易易。」袁怒目視曰：「若皇上在僕營，則誅榮祿如殺一狗耳。」因相與言救上之條理甚詳。袁曰：「今營中槍彈火藥皆在榮賊之手，而營哨各官亦多屬舊人。事急矣！既定策，則僕須急歸營，更選將官，而設法備貯彈藥則可也。」乃丁寧而去，時八月初三夜漏三下矣。至初五日，袁復召見，聞亦奉有密詔云。至初六日變遂發。時余方訪君寓，對坐榻上，有所擘劃，而抄捕南海館（康先生所居也）之報忽至，旋聞垂簾之諭。君從容語余曰：「昔欲救皇上既無可救，今欲救先生亦無可救，吾已無事可辦，惟待死期耳。雖然，天下事知其不可而為之，足下試入日本使館，謁伊藤氏，請致電上海領事而救先生焉。」余是夕宿日本使館，君竟日不出門，以待捕者。捕者既不至，則於其明日入日本使館與余相見，勸東遊，且攜所著書及詩文辭稿本數冊家書一篋託焉。曰：「不有行者，無以圖將來；不有死者，無以酬聖主。今南海之生死未可卜，程嬰杵臼，月照西鄉❸，吾與足下分任之。」遂相與一抱而別。初七八九三日，君復與俠士謀救皇上，事卒不成。初十日遂被逮。被逮之前一日，日本志士數輩苦勸君東遊，君不聽。再四強之，君曰：「各國變法，無不從流血而成。今中國未聞有因變法而流血者，此國之所以不昌也。有之，請自嗣同始！」卒不去，故及於難。君既繫獄，題一詩於獄壁曰：「望門投宿思張儉❹，忍死須臾待杜根❺。我自橫刀向天笑，去留肝膽兩昆侖。」蓋念南海也。以八月十三日斬於市，春秋三十有三。就義之日，觀者萬人，君慷慨神氣不少變。時軍機大臣剛毅監斬，君呼剛前曰：「吾有一言！」剛去不聽，乃從容就戮。嗚呼烈矣！

君資性絕特，於學無所不窺，而以日新為宗旨，故無所沾滯；善能捨己從人，故其學日進。每十日不相見，則議論學識必有增長。少年曾為考據箋注金石刻鏤詩古文辭之學，亦好談中國古兵法；三十歲以後，悉棄去，究心泰西天算格致政治歷史之學，皆有心得，又究心教宗。當君之與余初相見也，極推崇耶氏兼愛之教，而不知有佛，不知有孔子；既而聞南海先生所發明《易》《春秋》之義，窮大同太平之條理，體乾元統天之精意，則大服；又聞《華嚴》性海之說，而悟世界無量，現身無量，無人無我，無去無住，無垢無淨，捨救人外，更無他事之理；聞相宗識浪之說，而悟眾生根器無量，故說法無量，種種差別，與圓性無礙之理，則益大服。自是豁然貫通，能匯萬法為一，能衍一法為萬，無所罣礙，而任事之勇猛亦益加。作官金陵之一年，日夜冥搜孔佛之書。金陵有居士楊文會者，博覽教乘，熟於佛故，以流通經典為己任。君時時與之遊，因得遍窺三藏，所得日益精深。其學術宗旨，大端見於《仁學》一書，又散見於與友人論學書中。所著書《仁學》之外，尚有《寥天一閣文》二卷，《莽蒼蒼齋詩》二卷，《遠遺堂集外文》一卷，《劄記》一卷，《興算學議》一卷，已刻《思緯壹壺臺短書》一卷，《壯飛樓治事》十篇，《秋雨年華之館叢脞書》四卷，《劍經衍葛》一卷，《印錄》一卷，並《仁學》皆藏於余處，又政論數十篇見於《湘報》者，乃與師友論學論事書數十篇。余將與君之石交□□□□□□□□□等共搜輯之，為《譚瀏陽遺集》若干卷，其《仁學》一書，先擇其稍平易者，附印《清議報》中，公諸世焉。君平生一無嗜好，持躬嚴整，面稜稜有秋肅之氣。無子女；妻李閏，為中國女學會倡辦董事。

論曰：復生之行誼磊落，轟天撼地，人人共知，是以不論；論其所學。自唐宋以後呫畢小儒，徇其一孔之論，以謗佛毀法，固不足道；而震旦末法流行，數百年來，宗門之人，耽樂小乘，墮斷常見，龍象之才，罕有聞者。以為佛法皆清淨而已，寂滅而已。豈知大乘之法，悲智雙修，與孔子必仁且智之義，如兩爪之相印。惟智也，故知即世間即出世間，無所謂淨土；即人即我，無所謂眾生。世界之外無淨土，眾生之外無我，故惟有捨身以救眾生。佛說：「我不入地獄，誰入地獄？」孔子曰：「吾非斯人之徒與，而誰與？」「天下有道，丘不與易。」故即智即仁焉。既思救眾生矣，則必有救之之條理。故孔子治《春秋》，為大同小康之制，千條萬緒，皆為世界也，為眾生也，捨此一大事，無他事也。《華嚴》之菩薩行也，所謂誓不成佛也。《春秋》三世之義，救過去之眾生與救現在之眾生，救現在之眾生與救將來之眾生，其法異而不異；救此土之眾生與救彼土之眾生，其法異而不異；救全世界之眾生與救一國之眾生，救一人之眾生，其法異而不異：此相宗之唯識也。因眾生根器，各各不同，故說法不同，而實法無不同也。既無淨土矣，既無我矣，則無所希戀，無所罣礙，無所恐怖。夫淨土與我且不愛矣，復何有利害毀譽稱譏苦樂之可以動其心乎？故孔子言不憂不惑不懼，佛言大無畏，蓋即仁即智即勇焉。通乎此者，則遊行自在，可以出生，可以入死，可以仁，可以救眾生。

【梁・啓・超】

康廣仁傳

康君名有溥，字廣仁，以字行，號幼博，又號大廣，南海先生同母弟也。精悍厲鷙，明照銳斷，見事理若區別黑白，勇於任事，洞於察機，善於觀人，達於生死之故，長於治事之條理，嚴於律己，勇於改過。自少即絕意不事舉業，以為本國之弱亡，皆由八股錮塞人才所致，故深惡痛絕之，偶一應試，輒棄去。弱冠後，嘗為小吏於浙。蓋君少年血氣太剛，倜儻自喜，行事間或跅弛，逾越範圍，南海先生欲裁抑之，故遣入宦場，使之遊於人間最穢之域，閱歷乎猥鄙奔競險詐苟且闒冗勢利之境，使之察知世俗之情偽，然後可以收斂其客氣，變化其氣質，增長其識量。君為吏歲餘，嘗委保甲差、文闈差，閱歷宦場既深，大恥之，掛冠而歸。自是進德勇猛，氣質大變，視前此若兩人矣。

君天才本卓絕，又得賢兄之教，覃[6]精名理，故其發論往往精奇悍銳，出人意表，聞者為之咋舌變色，然按之理勢，實無不切當。自棄官以後，經歷更深，學識更加，每與論一事，窮其條理，料其將來，不爽累黍[7]，故南海先生常資為謀議焉。

今年春，膠州、旅順既失，南海先生上書痛哭論國是，請改革。君曰：「今日在我國而言改革，凡百政事皆第二著也，若第一著，則惟當變科舉，廢八股取士之制，使舉國之士，咸棄其頑固謬陋之學，以講求實用之學，則天下之人如瞽者忽開目，恍然於萬國強弱之故，愛國之心自生，人才自出矣。阿兄歷年所陳改革之事，皆千條萬緒，彼政府之人早已望而生畏，故不能行也。今當以全副精神專注於廢八股之一事，鍥而不捨，或可有成。此關一破，則一切新政之根芽已立矣。」蓋當時猶未深知皇上之聖明，故於改革之事，不敢多所奢望也。及南海先生既召見，鄉會八股之試既廢，海內志士額手為國家慶。君乃曰：「士之數莫多於童生與秀才，幾居全數百分之九十九焉。今但變鄉會試而不變歲科試，未足以振刷此輩之心目。且鄉會試期在三年以後，為期太緩。此三年中，人事靡常。今必先變童試、歲科試，立刻施行，然後可。」乃與御史宋伯魯謀，抗疏言之，得旨俞允。於是君語南海先生曰：「阿兄可以出京矣。我國改革之期，今尚未至。且千年來行愚民之政，壓抑既久，人才乏絕，今全國之材，尚不足任全國之事，改革甚難有效。今科舉既變，學堂既開，阿兄宜歸廣東、上海，卓如宜歸湖南，（卓如者，余之字也。時余在湖南時務學堂為總教習，故云然。）專心教育之事，著書譯書撰報，激厲士民愛國之心，養成多數實用之才，三年之後，然後可大行改革也。」

時南海先生初被知遇，天眷優渥，感激君恩，不忍捨去。既而天津閱兵廢立之事，漸有所聞，君復語曰：「自古無主權不一之國而能成大事者。今皇上雖天亶睿聖，然無賞罰之權，全國大柄，皆在西后之手，而滿人之猜忌如此，守舊大臣之相嫉如此，何能有成？阿兄速當出京養晦矣。」先生曰：「孔子之聖，知其不可而為之；凡人見孺子將入於井，猶思援之，況全國之命乎？況君父之難乎？西后之專橫，舊黨之頑固，皇上非不知之，然皇上猶且捨位忘身，以救天下，我忝受知遇，義固不可引身而退也。」君復曰：「阿兄雖捨身思救之，然於事必不能有益，徒一死耳。死固不足惜，但阿兄生平所志所學，欲發明公理以救全世界之眾生者，他日之事業正多，責任正重，今尚非死所也。」先生曰：「生死自有天命，吾十五年前經華德里築屋之下，飛磚猝墜，掠面而下，面損流血。使彼時飛磚斜落半寸，擊於腦，則死久矣。天下之境遇，皆華德里飛磚之類也。今日之事雖險，吾亦以飛磚視之，但行吾心之所安而已，他事非所計也。」自是君不復敢言出京。然南海先生每欲有所陳奏，有所興革，君心勸阻之，謂當俟諸九月閱兵以後，若皇上得免於難，然後大舉，未為晚也。

故事凡皇上有所敕任，有所賜賚，必詣宮門謝恩，賜召見焉。南海先生先後奉命為總理各國事務衙門章京，督辦官報局，又以著書之故，賜金二千兩，皆當謝恩，君獨謂「西后及滿洲黨相忌已甚，阿兄若屢見皇上，徒增其疑而速其變，不如勿往。」故先生自六月以後，上書極少，又不覲見，但上折謝恩，惟於所進呈之書，言改革之條理而已，皆從君之意也，其料事之明如此。南海先生既決意不出都，俟九月閱兵之役，謀有所救護，而君與譚君任此事最力。初，余既奉命督辦譯書，以君久在大同譯書局，諳練此事，欲託君出上海總其成。行有日矣，而八月初二日忽奉明詔，命南海先生出京；初三日又奉密詔敦促，一日不可留。先生戀闕甚耿耿，君乃曰：「阿兄即行，弟與復生、卓如及諸君力謀之。」蓋是時雖知事急，然以為其發難終在九月，故欲竭蹶死力，有所布置也，以故先生行而君獨留，遂及於難，其臨大節之不苟又如此。君明於大道，達於生死，常語余云：「吾生三十年，見兄弟戚友之年與我相若者，今死去不計其數矣。吾每將己身與彼輩相較，常作已死觀；今之猶在人間，作死而復生觀。故應做之事，即放膽做去，無所掛礙，無所恐怖也。」蓋君之從容就義者，其根柢深厚矣。

既被逮之日，與同居二人程式穀、錢維驥同在獄中，言笑自若，高歌聲出金石。

程、錢等固不知密詔及救護之事，然聞令出西后，乃曰：「我等必死矣。」君厲聲曰：「死亦何傷！汝年已二十餘矣，我年已三十餘矣，不猶愈於生數月而死，數歲而死者乎？且一刀而死，不猶愈於抱病歲月而死者乎？特恐我等未必死耳，死則中國之強在此矣，死又何傷哉？」程曰：「君所言甚是。第外國變法，皆前者死，後者繼。今我國新黨甚寡弱，恐我輩一死，後無繼者也。」君曰：「八股已廢，人才將輩出矣，何患無繼哉？」神氣雍容，臨節終不少變，嗚呼烈矣！

南海先生之學，以仁為宗旨，君則以義為宗旨。故其治事也，專明權限，能斷割，不妄求人，不妄接人，嚴於辭受取與，有高掌遠蹠摧陷廓清之概，於同時士大夫之豪俊皆俯視之。當十六歲時，因惡帖括❽，故不悅學，父兄責之，即自抗顏為童子師。疑其遊戲必不成，姑試之。而從之學者有八九人，端坐課弟子，莊肅儼然，手創學規，嚴整有度，雖極頑橫之童子，戢戢奉法惟謹。自是知其為治事才，一切家事營辦督租皆委焉。其治事如商君法，如孫武令，嚴密縝栗，令出必行，奴僕無不畏之，故事無不舉。少年曾與先生同居一樓，樓前有芭蕉一株，經秋後敗葉狼藉。先生故有茂對萬物之心，窗草不除之意，甚愛護之。忽一日，失蕉所在，則君所鋤棄也。先生責其不仁，君曰：「留此何用，徒亂人意。」又一日，先生命君檢查屋上舊書整理之，以累世為儒，閣上藏前代帖括甚多，君舉而付之一炬。先生詰之，君則曰：「是區區者尚不割捨耶？留此物，此樓何時得清淨。」此皆君十二三歲時軼事也。雖細端，亦可以驗見其剛斷之氣矣。君事母最孝，非在側則母不歡，母有所煩惱，得君數言，輒怡笑以解。蓋其在母側，純為孺子之容，與接朋輩任事時，若兩人云。最深於自知，勇於改過。其事為己所不能任者，必自白之，不輕許可；及其既任，則以力殉之；有過失，必自知之、自言之而痛改之，蓋光明磊落，肝膽照人焉。

君嘗慨中國醫學之不講，草菅人命，學醫於美人嘉約翰，三年，遂通泰西醫術。欲以移中國，在滬創醫學堂，草具章程，雖以事未成，而後必行之。蓋君之勇斷，足以廓清國家之積弊，其明察精細，足以經營國家治平之條理，而未能一得藉手，遂殉國以歿。其所辦之事，則在澳門創立《知新報》，發明民政之公理；在上海設譯書局，譯日本書，以開民智；在西樵鄉設一學校，以泰西政學教授鄉之子弟；先生惡婦女纏足，壬午年創不纏足會而未成，君卒成之，粵風大移，粵會成，則與超推之於滬，集士夫開不纏足大會，君實為總持；又與同志創女學堂，以救婦女之患，行太平之義；於君才未盡十一，亦可以觀其志矣。君雖不喜章句記誦詞章之學，明算工書，能作篆，嘗為詩駢散文，然以為無用，既不求工，亦不存稿，蓋皆以餘事為之，故遺文存者無幾。然其言往往發前人所未發，言人所不敢言。蓋南海先生於一切名理，每僅發其端，含蓄而不盡言，君則推波助瀾，窮其究竟，達其極點，故精思偉論獨多焉。君既歿，朋輩將記憶其言語，裒而集之，以傳於後。君既棄浙官，今年改官候選主事。妻黃謹娛，為中國女學會倡辦董事。

論曰：徐子靖、王小航常語余云，二康皆絕倫之資，各有所長，不能軒輊。其言雖稍過，然幼博之才，真今日救時之良矣。世人莫不知南海先生，而罕知幼博，蓋為兄所掩，無足怪也。而先生之好仁，與幼博之持義，適足以相補，故先生之行事，出於幼博所左右者為多焉。六烈士之中，任事之勇猛，性行之篤摯，惟復生與幼博為最。復生學問之深博，過於幼博；幼博治事之條理，過於復生：兩人之才，真未易軒輊也。嗚呼！今日眼中之人，求如兩君者，可復得乎？可復得乎？幼博之入京也，在今春二月。時余適自湘大病出滬，扶病入京師，應春官試。幼博善醫學，於余之病也，為之調護飲食，劑醫藥，至是則伴余同北行。蓋幼博之入京，本無他事，不過為余病耳。余病不死，而幼博死於余之病，余疚何如哉？

注釋

❶南海先生　指康有為，廣東南海人，下文稱「南海」。

❷天津閱兵之陰謀　光緒二十四年，守舊派與維新派的衝突日趨激烈，傳說慈禧太后與其親信北洋大臣榮祿密謀，預計九月在天津舉行一場盛大的閱兵典禮，藉著和光緒一同閱兵之時，廢光緒立新君。

❸月照西鄉　日僧月照與薩摩藩士西鄉隆盛有志勤王，月照從容死義而西鄉獲救，後成為明治維新之元勳。事見《飲冰室文集》第二冊〈記東俠〉。

❹望門投宿思張儉　張儉是東漢名士，因為彈劾宦官侯覽，受到迫害，逃亡在外，人們因讚賞他的名聲品行，都冒險接納他。望門投宿，見到住家便去投宿。

❺忍死須臾待杜根　杜根是東漢安帝時人，因在朝廷上指責鄧太后等外戚獨攬朝政，引起太后大怒，令人將他置於袋中，在殿上摔死。但執法人因仰慕其名，施刑未加力，杜根留得一命，隱身於市井之間。鄧太后被誅後，又復為官。

❻覃　音ㄊㄢˊ。深；長。

❼不爽累黍　形容絲毫不差。

❽帖括　指科舉的文字。

賞析

《戊戌政變記》全文收錄於《飲冰室專集》首冊，含〈附錄〉十萬多字。〈譚嗣同傳〉和〈康廣仁傳〉見於其中第五篇〈殉難六烈士傳〉。六烈士就是近代史所稱的戊戌六君子，餘四人是楊深秀、楊銳、林旭、劉光第。此書是戊戌政變當年（一八九八），作者乘日本軍艦亡命日本之後寫作，是第一手史料，但未必是信史。譚傳刊於半月刊《清議報》第四冊（一八九九年一月二十二日），康傳刊於《清議報》第六冊（一八九九年二月二十日），收錄《專集》時康傳次序在前。

這兩篇傳記都把傳主的精神志氣鋪寫得淋漓盡致。按照傳文所述，兩個人都有機會逃生，卻都寧願從容就義，令人動容。傳神的傳記，不能只是籠統的概括敘述人物個性，而必須要有具體的事件，才能夠讓人印象深刻。而且，最好由人物的言語行動來表現人物，而不是由作者用自己改寫的文字來轉述人物的話——尤其是關鍵時刻、能凸顯人物立身大節的話。這兩篇傳都把握住這些要領：譚嗣同要以一己鮮血喚醒同志和國人，拒絕與作者一起逃亡時所說的話，使傳主的人格光輝，縈繞在千千萬萬讀者的腦海之中。譚嗣同所著《仁學》亦有獨到之處，所以作者在文末錄其學說大略。文中闕文，可能是作者為了保護朋友不要受連累而故意空白的。〈康廣仁傳〉的幾件小事，很生動的描寫出他的個性；他的話表露出對一己死生的看法，令人印象非常深刻。

少年中國說

日本人之稱我中國也，一則曰老大帝國，再則曰老大帝國。是語也，蓋襲譯歐西人之言也。嗚呼！我中國其果老大矣乎？梁啓超曰：惡是何言，是何言，吾心目中有一少年中國在！

欲言國之老少，請先言人之老少。老年人常思既往，少年人常思將來。惟思既往也，故生留戀心；惟思將來也，故生希望心。惟留戀也，故保守；惟希望也，故進取。惟保守也，故永舊；惟進取也，故日新。惟思既往也，事事皆其所已經者，故惟知照例；惟思將來也，事事皆其所未經者，故常敢破格。老年人常多憂慮，少年人常好行樂。惟多憂也，故灰心；惟行樂也，故盛氣。惟灰心也，故怯懦；惟盛氣也，故豪壯。惟怯懦也，故苟且；惟豪壯也，故冒險。惟苟且也，故能滅世界；惟冒險也，故能造世界。老年人常厭事，少年人常喜事。惟厭事也，故常覺一切事無可為者；惟好事也，故常覺一切事無不可為者。老年人如夕照，少年人如朝陽；老年人如瘠牛，少年人如乳虎；老年人如僧，少年人如俠；老年人如字典，少年人如戲文；老年人如鴉片菸，少年人如潑蘭地酒；老年人如別行星之隕石，少年人如大洋海之珊瑚島；老年人如埃及沙漠之金字塔，少年人如西伯利亞之鐵路；老年人如秋後之柳，少年人如春前之草；老年人如死海之瀦❶為澤，少年人如長江之初發源。此老年與少年性格不同之大略也。梁啓超曰：人固有之，國亦宜然。

梁啓超曰：傷哉老大也。潯陽江頭琵琶婦，當明月繞船，楓葉瑟瑟，衾寒於鐵，似夢非夢之時，追想洛陽塵中春花秋月之佳趣。西宮南內，白髮宮娥，一燈如穗，三五對坐，談開元、天寶間遺事，譜霓裳羽衣曲。青門種瓜人❷，左對孺人，顧弄孺子，憶侯門似海珠履雜遝之盛事。拿破侖之流於厄蔑，阿剌飛之幽於錫蘭，與三兩監守吏或過訪之好事者，道當年短刀匹馬，馳騁中原，席捲歐洲，血戰海樓，一聲叱咤，萬國震恐之豐功偉烈，初而拍案，繼而撫髀，終而攬鏡。嗚呼，面皺齒盡，白髮盈把，頹然老矣！若是者，捨幽鬱之外無心事，捨悲慘之外無天地，捨頹唐之外無日月，捨嘆息之外無音聲，捨待死之外無事業。美人豪傑且然，而況於尋常碌碌者耶！生平親友，皆在墟墓，起居飲食，待命於人，今日且過，遑知他日，今年且過，遑恤明年。普天下灰心短氣之事，未有甚於老大者。於此人也，而欲望以拏雲之手段，回天之事功，挾山超海之意氣，能乎不能？

嗚呼，我中國其果老大矣乎？立乎今日，以指疇昔，唐虞三代，若何之郅❸治；秦皇漢武，若何之雄傑；漢唐來之文學，若何之隆盛；康乾間之武功，若何之烜赫！歷史家所鋪敘，詞章家所謳歌，何一非我國民少年時代良辰美景、賞心樂事之陳跡哉！而今頹然老矣，昨日割五城，明日割十城；處處雀鼠盡，夜夜雞犬驚；十八省之土地財產，已為人懷中之肉；四百兆之父兄子弟，已為人注籍之奴。豈所謂老大嫁作商人婦者耶？嗚呼！憑君莫話當年事，憔悴韶光不忍看。楚囚相對，岌岌顧影；人命危淺，朝不慮夕。國為待死之國，一國之民為待死之民，萬事付之奈何，一切憑人作弄，亦何足怪！

梁啓超曰：我中國其果老大矣乎？是今日全地球之一大問題也。如其老大也，則是中國為過去之國，即地球上昔本有此國，而今漸澌滅❹，他日之命運殆將盡也。如其非老大也，則是中國為未來之國，即地球上昔未現此國，而今漸發達，他日之前程且方長也。欲斷今日之中國為老大耶，為少年耶？則不可不先明「國」字之意義。夫國也者，何物也？有土地，有人民，以居於其土地之人民，而治其所居之土地之事，自制法律而自守之；有主權，有服從，人人皆主權者，人人皆服從者。夫如是，斯謂之完全成立之國。地球上之有完全成立之國也，自百年以來也。完全成立者，壯年之事也；未能完全成立而漸進於完全成立者，少年之事也。故吾得一言以斷之曰：歐洲列邦在今日為壯年國，而我中國在今日為少年國。

夫古昔之中國者，雖有國之名，而未成國之形也，或為家族之國，或為酋長之國，或為諸侯封建之國，或為一王專制之國。雖種類不一，要之，其於國家之體質也，有其一部而缺其一部，正如嬰兒自胚胎以迄成童，其身體之一二官肢，先行長成，此外則全體雖粗具，然未能得其用也。故唐虞以前為胚胎時代，殷周之際為乳哺時代，由孔子而來至於今為童子時代，逐漸發達，而今乃始將入成童以上少年之界焉。其長成所以若是之遲者，則歷代之民賊有窒其生機者也。譬猶童年多病，轉類老態，或且疑其死期之將至焉，而不知皆由未完全、未成立也，非過去之謂，而未來之謂也。

且我中國疇昔，豈嘗有國家哉？不過有朝廷耳。我黃帝子孫，聚族而居，立於此地球之上者既數千年，而問其國之為何名，則無有也。夫所謂唐、虞、夏、商、周、秦、漢、魏、晉、宋、齊、梁、陳、隋、唐、宋、元、明、清者，則皆朝名耳。

朝也者，一家之私產也；國也者，人民之公產也。朝有朝之老少，國有國之老少，朝與國既異物，則不能以朝之老少而指國之老少明矣。文、武、成、康，周朝之少年時代也。幽、厲、桓、赧，則其老年時代也；高、文、景、武，漢朝之少年時代也，元、平、桓、靈，則其老年時代也。自余歷朝，莫不有之。凡此者，謂為一朝廷之老也則可，謂為一國之老也則不可。一朝廷之老且死，猶一人之老且死也，於吾所謂中國者何與焉？然則吾中國者，前此尚未出現於世界，而今乃始萌芽云爾。天地大矣，前途遼矣，美哉，我少年中國乎！

瑪志尼者，意大利三傑之魁也，以國事被罪，逃竄異邦，乃創立一會，名曰「少年意大利」。舉國志士，雲湧霧集以應之，卒乃光復舊物，使意大利為歐洲之一雄邦。夫意大利者，歐洲第一之老大國也，自羅馬亡後，土地隸於教皇，政權歸於奧國，殆所謂老而瀕於死者矣。而得一瑪志尼，且能舉全國而少年之，況我中國之實為少年時代者耶？堂堂四百餘州之國土，凜凜四百餘兆之國民，豈遂無一瑪志尼其人者！

龔自珍氏之集有詩一章，題曰「能令公少年行」。吾嘗愛讀之，而有味乎其用意之所存。我國民而自謂其國之老大也，斯果老大矣；我國民而自知其國之少年也，斯乃少年矣。西諺有之曰：有三歲之翁，有百歲之童。然則國人之老少，又無定形，而實隨國民之心力以為消長者也。吾見乎瑪志尼之能令國少年也，吾又見乎我國之官吏士民能令國老大也，吾為此懼。夫以如此壯麗濃郁、翩翩絕世之少年中國，而使歐西、日本人謂我為老大者何也？則以握國權者皆老朽之人也。非哦幾十年八股，非寫幾十年白折，非當幾十年差，非捱幾十年俸，非遞幾十年手本，非唱幾十年諾，非磕幾十年頭，非請幾十年安，則必不能得一官，進一職。其內任卿貳以上、外任監司以上者，百人之中，其五官不備者，殆九十六、七人也，非眼盲，則耳聾，非手顫，則足跛，否則半身不遂也。彼其一身飲食、步履、視聽、言語，尚且不能自了，須三、四人在左右扶之捉之，乃能度日，於此而乃欲責之以國事，是何異立無數木偶而使之治天下也。且彼輩者，自其少壯之時，既已不知亞細、歐羅為何處地方；漢祖、唐宗是哪朝皇帝，猶嫌其頑鈍腐敗之未臻其極，又必搓磨之、陶冶之，待其腦髓已涸，血管已塞，氣息奄奄，與鬼為鄰之時，然後將我二萬里山河，四萬萬人命，一舉而畀❺於其手。嗚呼！老大帝國，誠哉其老大也！而彼輩者，積其數十年之八股、白折、當差、捱俸、手本、唱諾、磕頭、請安，千辛萬苦，千苦萬辛，乃始得此紅頂花翎之服色，中堂大人之名號，乃出其全副精神，竭其畢生力量，以保持之。如彼乞兒拾金一錠，雖轟雷盤旋其頂上，而兩手猶緊抱其荷包，他事非所顧也，非所知也，非所聞也。於此而告之以亡國也，瓜分也，彼烏從而聽之？烏從而信之？即使果亡矣，果分矣，而吾今年既七十矣八十矣，但求其一、兩年內，洋人不來，強盜不起，我已快活過了一世矣。若不得已，則割三頭兩省之土地奉申賀敬，以換我幾個衙門；賣三幾百萬之人民作僕為奴，以贖我一條老命，有何不可？有何難辦？嗚呼，今之所謂老后、老臣、老將、老吏者，其修身、齊家、治國、平天下之手段，皆具於是矣。西風一夜催人老，凋盡朱顏白盡頭；使走無常當醫生，攜催命符以祝壽。嗟乎痛哉！以此為國，是安得不老且死，且吾恐其未及歲而殤也。

梁啓超曰：造成今日之老大中國者，則中國老朽之冤業也；製出將來之少年中國者，則中國少年之責任也。彼老朽者何足道，彼與此世界作別之日不遠矣，而我少年乃新來而與世界為緣。如僦❻屋者然，彼明日將遷居他方，而我今日始入此室處，將遷居者，不愛護其窗櫳，不潔治其庭廡，俗人恆情，亦何足怪？若我少年者前程浩浩，後顧茫茫，中國而為牛、為馬、為奴、為隸，則烹臠鞭箠之慘酷，惟我少年當之；中國如稱霸宇內、主盟地球，則指揮顧盼之尊榮，惟我少年享之。於彼氣息奄奄、與鬼為鄰者何與焉？彼而漠然置之，猶可言也；我而漠然置之，不可言也。使舉國之少年而果為少年也，則吾中國為未來之國，其進步未可量也；使舉國之少年而亦為老大也，則吾中國為過去之國，其澌亡可翹足而待也。故今日之責任，不在他人，而全在我少年。少年智則國智，少年富則國富，少年強則國強，少年獨立則國獨立，少年自由則國自由，少年進步則國進步，少年勝於歐洲，則國勝於歐洲，少年雄於地球，則國雄於地球。紅日初升，其道大光；河出伏流，一瀉汪洋；潛龍騰淵，鱗爪飛揚；乳虎嘯谷，百獸震惶；鷹隼試翼，風塵吸張；奇花初胎，矞矞皇皇❼；干將發硎❽，有作其芒；天戴其蒼，地履其黃；縱有千古，橫有八荒；前途似海，來日方長。美哉，我少年中國，與天不老！壯哉，我中國少年，與國無疆！

「三十功名塵與土，八千里路雲和月。莫等閒白了少年頭，空悲切！」此岳武穆〈滿江紅〉詞句也，作者自六歲時即口受記憶，至今喜誦之不衰。自今以往，棄「哀時客」之名，更自名曰「少年中國之少年」。作者附識。

注釋

❶瀦　水流停聚的地方，如水塘一類。

❷青門種瓜人　《史記・蕭相國世家》：「召平者，故秦東陵侯。秦破，為布衣，貧，種瓜於長安城東，瓜美，故世俗謂之『東陵瓜』，從召平以為名也。」

❸郅　大；盛。

❹澌滅　消滅淨盡。

❺畀　音ㄅㄧˋ。給予；賜給。

❻僦　音ㄐㄧㄡˋ。租賃。

❼矞矞皇皇　盛美的樣子。矞，音ㄩˋ。

❽發硎　剛磨出來的刀。

賞析

本篇原載於一九〇〇年二月十日《清議報》第三十五冊，後收入《飲冰室文集》第五冊。本文要摧陷「中國是老大帝國」的成說，而代之以「中國正值少年」的新觀念，藉此喚醒國民的自信心，發憤振作，自強圖存。作者首先舉出老人和少年的差別：老人留戀、保守、憂慮、灰心、怯懦、苟且、厭事，一無是處。然後設問：

中國真的是老大了嗎？作者很巧妙的否定中國是老大帝國，理由是華夏的歷史雖然久遠，但之前徒有「國」之名，而無「國」之實，歷史上只有朝廷，而沒有國家。國民如果認為國家是少年，國家就會充滿希望，是老是少，存乎全體國民之一心。

目前因為握國柄的大吏都是行將就木的老朽，所以國家暮氣沉沉，奄奄一息、不絕如縷。中國的人民只要覺得自己是少年（關鍵在心態，不在實際年齡——有三歲之翁，有百歲之童。）對未來充滿希望，就能努力一肩挑起使中國返老還童的責任，中國也就能夠轉弱為強，不會滅亡。最後作者以身作則，丟棄消極的筆名「哀時客」，改用充滿希望的新筆名——少年中國之少年。

新民說（節錄）

第一節　敘　論

自世界初有人類以迄今日，國於環球上者何啻千萬，問其巋然今存，能在五大洲地圖占一顏色者，幾何乎？曰百十而已矣。此百十國中，其能屹然強立，有左右世界之力，將來可以戰勝於天演界者，幾何乎？曰四五而已矣。夫同是日月，同是山川，同是方趾，同是圓顱，而若者以興，若者以亡，若者以弱，若者以強，則何以故？或曰：是在地利。然今之亞美利加，猶古阿美利加，而盎格魯撒遜（英國人種之名也）民族何以享其榮？古之羅馬，猶今之羅馬，而拉丁民族何以墜其譽？或曰：是在英雄。然非無亞歷山大，而何以馬基頓今已成灰塵？非無成吉思汗，而何以蒙

104

三民書局股份有限公司收

臺北市復興北路三八六號

廣告回信
台灣北區郵政管理局登記證
北台字第10380號
（免貼郵資）

姓名：　　性別：□男　□女
出生年月日：西元　年　月　日
地址：
電話：（宅）　（公）
E-mail：

知識使你更有活力・閱讀使妳更有魅力
三民書局／東大圖書讀者回函卡

感謝您購買本公司出版之書籍，請以傳真或郵寄回覆此張回函，或直接上網http://www.sanmin.com.tw填寫，本公司將不定期寄贈各項新書資訊，謝謝！

職業：＿＿＿＿＿＿＿＿ 教育程度：＿＿＿＿＿＿＿＿

購買書名：

購買地點：□書店：＿＿＿＿＿ □網路書店：＿＿＿＿＿

□郵購（劃撥、傳真） □其他：＿＿＿＿＿

您從何處得知本書？□書店 □報章雜誌 □網路

□廣播電視 □親友介紹 □其他

您對本書的評價：

	極佳	佳	普通	差	極差
封面設計	□	□	□	□	□
版面安排	□	□	□	□	□
文章內容	□	□	□	□	□
印刷品質	□	□	□	□	□
價格訂定	□	□	□	□	□

您的閱讀喜好：□法政外交 □商管財經 □哲學宗教

□電腦理工 □文學語文 □社會心理

□休閒娛樂 □傳播藝術 □史地傳記

□其他

有話要說：＿＿＿＿＿＿＿＿＿＿＿＿＿＿＿＿

（若有缺頁、破損、裝訂錯誤，請寄回更換）

古幾不保殘喘？嗚呼噫嘻！吾知其由。國也者積民而成。國之有民，猶身之有四肢、五臟、筋脈、血輪也。未有四肢已斷，五臟已瘵❶，筋脈已傷，血輪已涸，而身猶能存者；則亦未有其民愚陋、怯弱、渙散、混濁，而國猶能立者。故欲其身之長生久視，則攝生之術不可不明；欲其國之安富尊榮，則新民之道不可不講。

第二節　論新民為今日中國第一急務

吾今欲極言新民為當務之急，其立論之根柢有二：一曰關於內治者，二曰關於外交者。

所謂關於內治者何也？天下之論政術者多矣，動曰某甲誤國，某乙殃民；某之事件，政府之失機，某之制度，官吏之溺職。若是者，吾固不敢謂為非然也。雖然，政府何自成？官吏何自出？斯豈非來自民間者耶？某甲某乙者，非國民之一體耶？久矣夫聚群盲不能成一離婁，聚群聾不能成一師曠❷，聚群怯不能成一烏獲，以若是之民，得若是之政府官吏，正所謂種瓜得瓜，種豆得豆，其又奚尤？西哲常言：政府之與人民，猶寒暑表之與空氣也。室中之氣候，與針裡之水銀，其度必相均，而絲毫不容假借。國民之文明程度低者，雖得明主賢相以代治之，及其人亡則其政息焉，譬猶嚴冬之際，置表於沸水中，雖其度驟升，水一冷而墜如故矣。國民之文明程度高者，雖偶有暴君汙吏，虔劉一時，而其民力自能補救之而整頓之，譬猶溽暑之時，置表於冰塊上，雖其度忽落，不俄頃則冰消而漲如故矣。然則苟有新民，何患無新制度，無新政府，無新國家！非爾者，則雖今日變一法，明日易一人，東塗西抹，學步效顰，吾未見其能濟也。夫吾國言新法數十年，而效不睹者何也？則於新民之道未有留意焉者也。

今草野憂國之士，往往獨居深念，嘆息想望曰：安得賢君相，庶拯我乎？吾未知其所謂賢君相者，必如何而始為及格。雖然，若以今日之民德、民智、民力，吾知雖有賢君相，而亦無以善其後也。夫拿破侖曠世之名將也，苟授以綠旗之惰兵，則不能敵黑蠻；哥侖布航海之大家也，苟乘以朽木之膠船，則不能渡溪沚。彼君相者非能獨治也，勢不得不任疆臣，疆臣不得不任監司，監司不得不任府縣，府縣不得不任吏胥。此諸級中人，但使其賢者半，不肖者半，猶不足以致治，而況乎其百不得一也。今為此論者，固知泰西政治之美，而欲吾國之效之矣。但推其意，得毋以若彼之政治，皆由其君若相獨力所製造耶？試與一遊英、美、德、法之都，觀其人民之自治何如，其人民與政府之關係何如。觀之一省，其治法儼然一國也；觀之一市、一村落，其治法儼然一國也；觀之一黨會、一公司、一學校，其治法儼然一國也；乃至觀之一人，其自治之法，亦儼然治一國也。譬諸鹽有鹹性，積鹽如陵，其鹹愈醲，然剖分此如陵之鹽為若干石，石為若干斗，斗為若干升，升為若干顆，顆為若干阿屯❸，無一不鹹，然後大鹹乃成。摶沙拶粉而欲以求鹹，雖隆之高於泰岱，猶無當也。故英美各國之民，常不待賢君相而足以致治。其元首，則堯舜之垂裳可也，成王之委裘亦可也；其官吏，則曹參之醇酒可也，成瑨之坐嘯亦可也。何也？以其有民也。故君相常倚賴國民，國民不倚賴君相。小國且然，況吾中國幅員之廣，尤非一二人之長鞭所能及者耶！

則試以一家譬一國。苟一家之中，子婦弟兄，各有本業，各有技能，忠信篤敬，勤勞進取，家未有不浡然興者。不然者，各委棄其責任，而一望諸家長，家長而不賢，固闔室為餓殍，借令賢也，而能蔭庇我者幾何？即能蔭庇矣，而為人子弟，累其父兄，使終歲勤動，日夕憂勞，微特於心不安，其毋乃終為家之累耶？今之動輒責政府望賢君相者，抑何不恕？抑何不智？英人有常言曰：“That's your mistake. I couldn't help you.” 譯意言：「君誤矣，吾不能助君也。」此雖利己主義之鄙言，而實鞭策人自治自助之警句也。故吾雖日望有賢君相，吾尤恐即有賢君相，亦愛我而莫能助也。何也？責望於賢君相者深，則自責望者必淺，而此責人不責己、望人不望己之惡習，即中國所以不能維新之大原。我責人人亦責我，我望人人亦望我，是四萬萬人，遂互消於相責相望之中，而國將誰與立也？新民云者，非新者一人，而新之者又一人也，則在吾民之各自新而已。孟子曰：「子力行之，亦以新子之國。」自新之謂也，新民之謂也。

所謂關於外交者何也？自十六世紀以來（約四百年前），歐洲所以發達，世界所以進步，皆由民族主義（Nationalism）所磅礴衝激而成。民族主義者何？各地同種族、同言語、同宗教、同習俗之人，相視如同胞，務獨立自治，組織完備之政府，以謀公益而禦他族是也。此主義發達既極，馴至十九世紀之末（近二三十年），乃更進而為民族帝國主義（National Imperialism）。民族帝國主義者何？其國民之實力，充於內而不得不溢於外，於是汲汲焉求擴張權力於他地，以為我尾閭。其下手也，或以兵力，或以商務，或以工業，或以教會，而一用政策以指揮調護之是也。近者如俄國之經略西伯利亞、土耳其，德國之經略小亞細亞、阿非利加，英國之用兵於波亞，美國之縣夏威、掠古巴、攘非律賓，皆此新主義之潮流，迫之不得不然也。而今也於東方大陸，有最大之國，最腴之壤，最腐敗之政府，最散弱之國民，彼族一旦窺破內情，於是移其所謂民族帝國主義者，如群蟻之附羶，如萬矢之向的，離然而集注於此一隅。彼俄人之於滿洲，德人之於山東，英人之於揚子江流域，法人之於兩廣，日人之於福建，亦皆此新主義之潮流，迫之不得不然也。

夫所謂民族帝國主義者，與古代之帝國主義迥異。昔者有若亞歷山大，有若查理曼，有若成吉思汗，有若拿破侖，皆嘗抱雄圖，務遠略，欲蹂躪大地，吞併弱亡。雖然，彼則由於一人之雄心，此則由於民族之漲力；彼則為權威之所役，此則為時勢之所趨。故彼之侵略，不過一時，所謂暴風疾雨，不崇朝❹而息矣；此之進取，則在久遠，日擴而日大，日入而日深。吾中國不幸而適當此盤渦之中心點，其將何以待之？曰：彼為一二人之功名心而來者，吾可以恃一二之英雄以相敵；彼以民族不得已之勢而來者，非合吾民族全體之能力，必無從抵制也。彼以一時之氣焰驟進者，吾可以鼓一時之血勇以相防；彼以久遠之政策漸進者，非立百年宏毅之遠猷，必無從倖存也。不見乎瓶水乎，水僅半器，他水即從而入之；若內力能自充塞本器，而無一隙之可乘，他水未有能入者也。故今日欲抵當列強之民族帝國主義，以挽浩劫而拯生靈，惟有我行我民族主義之一策。而欲實行民族主義於中國，捨新民末由。

今天下莫不憂外患矣；雖然，使外而果能為患，則必非一憂之所能了也。夫以民族帝國主義之頑強突進如彼其劇，而吾猶商榷於外之果能為患與否，何其愚也！吾以為患之有無，不在外而在內。夫各國固同用此主義也，而俄何以不施諸英，英何以不施諸德，德何以不施諸美，歐美諸國何以不施諸日本？亦曰有隙與無隙之分而已。人之患瘵者，風寒暑濕燥火，無一不足以侵之；若血氣強盛膚革充盈者，冒風雪，犯暴嘆❺，衝瘴癘，淩波濤，何有焉？不自攝生，而怨風雪暴嘆波濤瘴癘之無情，非直彼不任受，而我亦豈以善怨而獲免耶？然則為中國今日計，必非恃一時之賢君相而可以弭亂，亦非望草野一二英雄崛起而可以圖成，必其使吾四萬萬人之民德、民智、民力，皆可與彼相埒，則外自不能為患，吾何為而患之！此其功雖非旦夕可就乎，然孟子有言：「七年之病，求三年之艾，苟為不蓄，終身不得。」今日捨此一事，別無善圖，寧復可蹉跎蹉跎，更閱數年，將有欲求如今日而不可復得者。嗚呼！我國民可不悚耶！可不勖耶！

第三節　釋新民之義

新民云者，非欲吾民盡棄其舊以從人也。新之義有二：一曰，淬厲其所本有而新之；二曰，採補其所本無而新之。二者缺一，時乃無功。先哲之立教也，不外因材而篤與變化氣質之兩途，斯即吾淬厲所固有、採補所本無之說也。一人如是，眾民亦然。

凡一國之能立於世界，必有其國民獨具之特質，上自道德法律，下至風俗習慣、文學美術，皆有一種獨立之精神，祖父傳之，子孫繼之，然後群乃結，國乃成。斯實民族主義之根柢源泉也。我同胞能數千年立國於亞洲大陸，必其所具特質，有宏大高尚完美，釐然異於群族者，吾人所當保存之而勿失墜也。雖然，保之云者，非任其自生自長，而漫曰「我保之我保之」云爾。譬諸木然，非歲歲有新芽之茁，則其枯可立待；譬諸井然，非息息有新泉之湧，則其涸不移時。夫新芽、新泉豈自外來者耶？舊也而不得不謂之新，惟其日新，正所以全其舊也。濯之拭之，發其光晶；鍛之煉之，成其體段；培之浚之，厚其本原；繼長增高，日征月邁，國民之精神，於是乎保存，於是乎發達。世或以「守舊」二字為一極可厭之名詞，其然豈其然哉！吾所患不在守舊，而患無真能守舊者。真能守舊者何？即吾所謂淬厲其固有而已。

僅淬厲固有而遂足乎？曰不然。今之世非昔之世，今之人非昔之人。昔者吾中國有部民而無國民，非不能為國民也，勢使然也。吾國夙巍然屹立於大東，環列皆小蠻夷，與他方大國，未一交通，故我民常視其國為天下。耳目所接觸，腦筋所濡染，聖哲所訓示，祖宗所遺傳，皆使之有可以為一個人之資格，有可以為一家人之資格，有可以為一鄉一族人之資格，有可以為天下人之資格，而獨無可以為一國國民之資格。夫國民之資格，雖未必有以遠優於此數者，而以今日列國並立、弱肉強食、優勝劣敗之時代，苟缺此資格，則決無以自立於天壤。故今日不欲強吾國則已，欲強吾國，則不可不博考各國民族所以自立之道，滙擇其長者而取之，以補我之所未及。今論者於政治、學術、技藝，皆莫不知取人長以補我短矣，而不知民德、民智、民力，實為政治、學術、技藝之大原。不取於此而取於彼，棄其本而摹其末，是何異見他樹之蓊鬱，而欲移其枝以接我槁幹；見他井之汩湧，而欲汲其流以實我眢源❻也。故採補所本無以新我民之道，不可不深長思也。

　　世界上萬事之現象，不外兩大主義：一曰保守，二曰進取。人之運用此兩主義者，或偏取甲，或偏取乙，或兩者並起而相衝突，或兩者並存而相調和。偏取其一，未有能立者也。有衝突則必有調和，衝突者調和之先驅也。善調和者，斯為偉大國民，盎格魯撒遜人種是也。譬之蹞步，以一足立，以一足行；譬之拾物，以一手握，以一手取。故吾所謂新民者，必非如心醉西風者流，蔑棄吾數千年之道德、學術、風俗，以求伍於他人；亦非如墨守故紙者流，謂僅抱此數千年之道德、學術、風俗，遂足以立於大地也。

注釋

❶瘵　音ㄓㄞˋ。疾病；痛苦。
❷師曠　春秋晉樂師。天生眼盲，善彈琴，能辨識音而知吉凶。
❸阿屯　英語 atom 的音譯。指原子。
❹崇朝　整個早上。
❺暵　音ㄏㄢˋ。旱熱；乾旱。
❻眢源　乾涸的水源。眢，音ㄩㄢ。

賞析

《新民說》是作者於一九〇二年（光緒二十八年）所撰，原作於《新民叢報》第一號（二月八日）開始刊登，至第七十二號刊完，前後歷時四年；全文約十萬餘字，收入《飲冰室專集》第四冊。全文二十節依次為：〈敘論〉、〈論新民為中國第一要務〉、〈釋新民之義〉、〈就優勝劣敗之理以證新民之結果而論及取法之所宜〉、〈論公德〉、〈論國家思想〉、〈論進取冒險〉、〈論權利思想〉、〈論自由〉、〈論自治〉、〈論進步〉、〈論自尊〉、〈論合群〉、〈論生利分利〉、〈論毅力〉、〈論義務思想〉、〈論尚武〉、〈論私德〉、〈論民氣〉、〈論政治能力〉。此處所選為前三節。

首節論民之於國，猶四肢五臟血肉之於身；希望國家不壞死，就必須新其一國之民。次節當頭棒喝，駁斥大多數人把國家衰敗的責任一味歸咎於暴君汙吏、彷彿己身毫無責任的時俗謬論。作者巧設譬喻，以寒暑表（廣東人習慣稱溫度計為寒暑表）為喻，強調國政敗壞，是整體國民的責任；好比溫度高低，不能獨歸咎於寒暑表內之水銀，而是表外整個環境空氣溫度的反映。是故，必須改變周遭空氣溫度，才能維持表中溫度於不墜。是故必先新一國之民，始能新一國之政；必須先提升國民素質，才能改善一國之體質。所以，整體民德、民智、民力提升，才能對抗列強的侵略。第三節繼續申論，強調新民不是摒棄傳統，全盤學步西人，而是調和進取，求新求變以適應新局。

論小說與群治之關係

欲新一國之民，不可不先新一國之小說。故欲新道德，必新小說；欲新宗教，必新小說；欲新政治，必新小說；欲新風俗，必新小說；欲新學藝，必新小說；乃至欲新人心，欲新人格，必新小說。何以故？小說有不可思議之力支配人道故。

吾今且發一問：人類之普通性，何以嗜他書不如其嗜小說？答者必曰：以其淺而易解故，以其樂而多趣故。是固然；雖然，未足以盡其情也。文之淺而易解者，不必小說；尋常婦孺之函札，官樣之文牘，亦非有艱深難讀者存也，顧誰則嗜之？不寧惟是，彼高才贍學之士，能讀《墳》《典》《索》《邱》❶，能注蟲魚草木，彼其視淵古之文，與平易之文，應無所擇，而何以獨嗜小說？是第一說有所未盡也。小說之以賞心樂事為目的者固多，然此等顧不甚為世所重；其最受歡迎者，則必其可驚、可愕、可悲、可感，讀之而生出無量噩夢，抹出無量眼淚者也。夫使以欲樂故而嗜此也，而何為偏取此反比例之物而自苦也？是第二說有所未盡也。吾冥思之，窮鞫❷之，殆有兩因：凡人之性，常非能以現境界而自滿足者也。而此蠢蠢軀殼，其所能觸能受之境界，又頑狹短局而至有限也。故常欲於其直接以觸以受之外，而間接有所觸有所受，所謂身外之身，世界外之世界也。此等識想，不獨利根眾生有之，即鈍根眾生亦有焉。而導其根器使日趨於鈍、日趨於利者，其力量無大於小說。小說者，常導人遊於他境界，而變換其常觸常受之空氣者也。此其一。人之恆情，於其所懷抱之想像，所經閱之境界，往往有行之不知、習矣不察者；無論為哀、為樂、為怨、為怒、為戀、為駭、為憂、為慚，常若知其然而不知其所以然。欲摹寫其情狀，而心不能自喻，口不能自宣，筆不能自傳。有人焉和盤托出，澈底而發露之，則拍案叫絕曰：善哉善哉，如是如是。所謂「夫子言之，於我心有戚戚焉」。感人之深，莫此為甚。此其二。此二者實文章之真諦，筆舌之能事。苟能批此窾❸、導此竅，則無論為何等之文，皆足以移人。而諸文之中能極其妙而神其技者，莫小說若，故曰小說為文學之最上乘也。由前之說，則理想派小說尚焉；由後之說，則寫實派小說尚焉。小說種目雖多，未有能出此兩派範圍外者也。

抑小說之支配人道也，復有四種力：一曰熏。熏也者，如入雲煙中而為其所烘，如近墨朱處而為其所染。《楞伽經》所謂「迷智為識，轉識成智」者，皆恃此力。人之讀一小說也，不知不覺之間，而眼識為之迷漾，而腦筋為之搖颺，而神經為之營注；今日變一二焉，明日變一二焉，剎那剎那，相斷相續；久之而此小說之境界，遂入其靈臺而據之，成為一特別之原質之種子。有此種子故，他日又更有所觸所受者，旦旦而熏之，種子愈盛，而又以之熏他人，故此種子遂可以遍世界。一切器世間、有情世間之所以成、所以住，皆此為因緣也。而小說則巍巍焉具此威德以操縱眾生者也。二曰浸。熏以空間言，故其力之大小，存其界之廣狹；浸以時間言，故其力之大小，存其界之長短。浸也者，入而與之俱化者也。人之讀一小說也，往往既終卷後數日或數旬而終不能釋然。讀《紅樓》竟者必有餘戀有餘悲，讀《水滸》竟者必有餘快有餘怒。何也？浸之力使然也。等是佳作也，而其卷帙愈繁事實愈多者，則其浸人也亦愈甚。如酒焉，作十日飲，則作百日醉。我佛從菩提樹下起，便說偕大一部《華嚴》，正以此也。三曰刺。刺也者，刺激之義也。熏浸之力利用漸，刺之力利用頓；熏浸之力在使感受者不覺，刺之力在使感受者驟覺。刺也者，能使人於一剎那頃，忽起異感而不能自制者也。我本藹然和也，乃讀林冲雪天三限，武松飛雲浦厄，何以忽然髮指？我本愉然樂也，乃讀晴雯出大觀園，黛玉死瀟湘館，何以忽然淚流？我本肅然莊也，乃讀實甫之〈琴心〉〈酬簡〉，東塘❹之〈眠香〉〈訪翠〉，何以忽然情動？若是者，皆所謂刺激也。大抵腦筋愈敏之人，則其受刺激力也愈速且劇，而要之必以其書所含刺激力之大小為比例。禪宗之一棒一喝，皆利用此刺激力以度人者也。此力之為用也，文字不如語言。然語言力所被不能廣不能久也，於是不得不乞靈於文字。在文字中，則文言不如其俗語，莊論不如其寓言。故具此力最大者，非小說末由。四曰提。前三者之力，自外而灌之使入；提之力，自內而脫之使出，實佛法之最上乘也。凡讀小說者，必常若自化其身焉，入於書中，而為其書之主人翁。讀《野叟曝言》者必自擬文素臣，讀《石頭記》者必自擬賈寶玉，讀《花月痕》者必自擬韓荷生若韋痴珠，讀《梁山泊》者必自擬黑旋風若花和尚。雖讀者自辯其無是心焉，吾不信也。夫既化其身以入書中矣，則當其讀此書時，此身已非我有，截然去此界以入於彼界，所謂華嚴樓閣，帝網重重，一毛孔中萬億蓮花，一彈指頃百千浩劫，文字移人，至此而極。然則吾書中主人翁而華盛頓，則讀者將化身為華盛頓；主人翁而拿破侖，則讀者將化身為拿破侖；主人翁而釋迦、孔子，則讀者將化身為釋迦、孔子，有斷然也。度世之不二法門，豈有過此！此四力者，可以盧牟一世，亭毒群倫，教主之所以能立教門，政治家所以能組織政黨，莫不賴是。文家能得其一，則為文豪；能兼其四，則為文聖。有此四力而用之於善，則可以福億兆人；有此四力而用之於惡，則可以毒萬千載。而此四力所最易寄者惟小說。可愛哉小說！可畏哉小說！

小說之為體其易入人也既如彼，其為用之易感人也又如此，故人類之普通性，嗜他文終不如其嗜小說。此殆心理學自然之作用，非人力之所得而易也；此天下萬國凡有血氣者莫不皆然，非直吾赤縣神州之民也。夫既已嗜之矣，且遍嗜之矣，則小說之在一群也，既已如空氣如菽粟，欲避不得避，欲屏不得屏，而日日相與呼吸之餐嚼之矣。於此其空氣而苟含有穢質也，其菽粟而苟含有毒性也，則其人之食息於此間者，必憔悴，必萎病，必慘死，必墮落，此不待蓍龜而決也。於此而不潔淨其空氣，不別擇其菽粟❺，則雖日餌以參苓，日施以刀圭，而此群中人之老病死苦，終不可得救。知此義，則吾中國群治腐敗之總根原，可以識矣。吾中國人狀元宰相之思想何自來乎？小說也。吾中國人佳人才子之思想何自來乎？小說也。吾中國人江湖盜賊之思想何自來乎？小說也。吾中國人妖巫狐鬼之思想何自來乎？小說也。若是者，豈嘗有人焉提其耳而誨之，傳諸缽而授之也？而下自屠爨販卒、嫗娃童稚，上至大人先生、高才碩學，凡此諸思想必居一於是，莫或使之，若或使之，蓋百數十種小說之力，直接間接以毒人，如此其甚也。（即有不好讀小說者，而此等小說，既已漸漬社會，成為風氣，其未出胎也，固已承此遺傳焉，其既入世也，又復受此感染焉，雖有賢智，亦不能自拔，故謂之間接。）今我國民惑堪輿，惑相命，惑卜筮，惑祈禳，因風水而阻止鐵路、阻止開礦，爭墳墓而闔族械鬥、殺人如草，因迎神賽會而歲耗百萬金錢、廢時生事、消耗國力者，曰惟小說之故。今我國民慕科第若羶，趨爵祿若鶩，奴顏婢膝，寡廉鮮恥，惟思以十年螢雪、暮夜苞苴，易其歸驕妻妾、武斷鄉曲一日之快，遂至名節大防，掃地以盡者，曰惟小說之故。今我國民輕棄信義，權謀詭詐，雲翻雨覆，苛刻涼薄，馴至盡人皆機心，舉國皆荊棘者，曰惟小說之故。今我國民輕薄無行，沉溺聲色，綣戀床笫，纏綿歌泣於春花秋月，銷磨其少壯活潑之氣，青年子弟，自十五歲至三十歲，惟以多情多感、多愁多病為一大事業，兒女情多，風雲氣少，甚者為傷風敗俗之行，毒遍社會，曰惟小說之故。今我國民綠林豪傑，遍地皆是，日日有桃園之拜，處處為梁山之盟，所謂「大碗酒，大塊肉，分秤稱金銀，論套穿衣服」等思想，充塞於下等社會之腦中，遂成為哥老、大刀等會，卒至有如義和拳者起，淪陷京國，啓召外戎，曰惟小說之故。嗚呼！小說之陷溺人群，乃至如是，乃至如是！大聖鴻哲數萬言諄誨之而不足者，華士坊賈一二書敗壞之而有餘。

斯事既愈為大雅君子所不屑道，則愈不得不專歸於華士坊賈之手。而其性質其位置，又如空氣然，如菽粟然，為一社會中不可得避、不可得屏之物，於是華士坊賈，遂至握一國之主權而操縱之矣。嗚呼！使長此而終古也，則吾國前途，尚可問耶，尚可問耶！故今日欲改良群治，必自小說界革命始；欲新民，必自新小說始。

注釋

❶墳典索邱　皆指上古帝王的遺書。

❷鞫　音ㄐㄩˊ。審問。

❸窾　音ㄎㄨㄢˇ。規矩；法則。

❹東塘　指孔尚任。清初詩人、戲曲作家。字聘之，又字季重，號東塘、岸堂，又號雲亭山人。最有名的著作為《桃花扇》。

❺菽粟　指豆、稻等日常食物。比喻雖然平常，卻一日不可缺少的事物。

賞析

本篇發表於《新小說》第一號（一九〇二年十一月十四日），收入《飲冰室文集》第十冊。作者強調小說感人的力量，肯定小說文類的地位，並且認為可以藉小說的力量改變國民的觀念。這是晚清小說理論史的一篇重要文獻，之後有不少人發揮他的主張，小說也漸漸在文學史占顯著的地位。不過，作者顯然過分強調小說的力量，這不僅以今日的眼光讀來有此感受，在此文發表不久的一九〇五年，作者胞弟梁啓勳就在同一份刊物中發表文章，認為作者把群治腐敗的根源歸咎於小說是錯誤的，小說不過是社會的反映罷了。此外，作者也狹隘的把小說作為教化、甚至僅僅是政治的工具，這當然和作者念茲在茲，想盡一切辦法新一國之民有關。就一個愛國救國者的立場而言，這是可以理解的；就文學而言，卻使小說成了狹隘的政治工具。將這種主張徹底實踐，就會出現很多只重政治主題、忽略文學藝術美感的小說；大陸文革時期很多作品就是如此。同時，作者也創作了小說《新中國未來記》，把很多政治主張生硬的灌輸其中，令人讀來乏味，就是很具體的例子。

三十自述

「風雲入世多，日月擲人急。如何一少年，忽忽已三十。」此余今年正月二十六日在日本東海道汽車中所作〈三十初度・口占十首〉之一也。人海奔走，年光蹉跎，所志所事，百未一就，攬鏡據鞍，能無悲慚？擎一既結集其文，復欲為做小傳。余謝之曰：「若某之行誼經歷，曾何足有記載之一值。若必不獲❶已者，則人知我，何如我之自知？吾死友譚瀏陽曾做〈三十自述〉，吾毋寧效顰焉。」做〈三十自述〉。

余鄉人也，於赤縣神州，有當秦漢之交，屹然獨立群雄之表數十年，用其地，與其人，稱蠻夷大長，留英雄之名譽於歷史上之一省❷。於其省也，有當宋元之交，我黃帝子孫與北狄異種血戰不勝，君臣殉國，自沉厓山，留悲憤之紀念於歷史上之一縣❸。是即余之故鄉也。鄉名熊子，距厓山七里強，當西江入南海交匯之衝，其江口列島七，而熊子宅其中央，余實中國極南之一島民也。先世自宋末由福州徙南雄，明末由南雄徙新會，定居焉，數百年棲於山谷。族之伯叔兄弟，且耕且讀，不問世事，如桃源中人，顧聞父老口碑所述，吾大王父最富於陰德，力耕所獲，一粟一帛，輒以分惠諸族黨之無告者。王父諱維清，字鏡泉，為郡生員，例選廣文，不就。王母氏黎。父名寶瑛，字蓮澗，夙教授於鄉里。母氏趙。

余生同治癸酉正月二十六日，實太平國亡於金陵後十年，清大學士曾國藩卒後一年，普法戰爭後三年，而意大利建國羅馬之歲也。生一月而王母黎卒。逮事王父者十九年。王父及見之孫八人，而愛余尤甚。三歲仲弟啓勛生，四、五歲就王父及母膝下授四子書、《詩經》，夜則就睡王父榻，日與言古豪傑哲人嘉言懿行，而尤喜舉亡宋、亡明國難之事，津津道之。六歲後，就父讀，受中國略史，五經卒業。八歲學為文。九歲能綴千言。十二歲應試學院，補博士弟子員，日治帖括，雖心不慊❹之，然不知天地間於帖括外，更有所謂學也，輒埋頭鑽研，顧頗喜詞章。王父、父母時授以唐人詩，嗜之過於八股。家貧無書可讀，惟有《史記》一，《綱鑑易知錄》一，王父、父日以課之，故至今《史記》之文，能成誦八九。父執有愛其慧者，贈以《漢書》一，姚氏《古文辭類纂》一，則大喜，讀之卒業焉。父慈而嚴，督課之外，使之勞作，言語舉動稍不謹，輒呵斥不少假借，常訓之曰：「汝自視乃如常兒乎！」至今誦此語不敢忘。十三歲始知有段、王❺訓詁之學，大好之，漸有棄帖括之志。十五歲，母趙恭人見背，以四弟之產難也，余方遊學省會，而時無輪船，奔喪歸鄉，已不獲親含殮，終天之恨，莫此為甚。時肄業於省會之學海堂，堂為嘉慶間前總督阮元所立，以訓詁詞章課粵人者也。至是乃決捨帖括以從事於此，不知天地間於訓詁詞章之外，更有所謂學也。己丑年十七，舉於鄉，主考為李尚書端棻，王鎮江仁堪。年十八計偕入京師，父以其稚也，挈與偕行，李公以其妹許字焉。下第歸，道上海，從坊間購得《瀛環志略》讀之，始知有五大洲各國，且見上海製造局譯出西書若干種，心好之，以無力不能購也。

其年秋，始交陳通甫。通甫時亦肄業學海堂，以高才生聞。既而通甫相語曰：「吾聞南海康先生上書請變法，不達，新從京師歸，吾往謁焉，其學乃為吾與子所未夢及，吾與子今得師矣。」於是乃因通甫修弟子禮事南海先生。時余以少年科第，且於時流所推重之訓詁詞章學，頗有所知，輒沾沾自喜。先生乃以大海潮音❻，作獅子吼❼，取其所挾持之數百年無用舊學更端駁詰，悉舉而摧陷廓清之。自辰入見，及戌始退❽，冷水澆背，當頭一棒，一旦盡失其故壘，惘惘然不知所從事，且驚且喜，且怨且艾，且疑且懼，與通甫聯床竟夕不能寐。明日再謁，請為學方針，先生乃教以陸王心學，而並及史學、西學之梗概。自是決然捨去舊學，自退出學海堂，而間日請業南海之門。生平知有學自茲始。

辛卯余年十九，南海先生始講學於廣東省城長興里之萬木草堂，徇通甫與余之請也。先生為講中國數千年來學術源流，歷史政治，沿革得失，取萬國以比例推斷之。余與諸同學日札記其講義，一生學問之得力，皆在此年。先生又常為語佛學之精奧博大，余夙根淺薄，不能多所受。先生時方著《公理通》、《大同學》等書，每與通甫商榷，辨析入微，余輒侍末席，有聽受，無問難，蓋知其美而不能通其故也。先生著《新學偽經考》，從事校勘；著《孔子改制考》，從事分纂。日課則《宋元明儒學案》、《二十四史》、《文獻通考》等，而草堂頗有藏書，得恣涉獵，學稍進矣。其年始交康幼博。十月，入京師，結婚李氏。明年壬辰，年二十，王父棄養❾。自是學於草堂者凡三年。

甲午年二十二，客京師，於京國所謂名士者多所往還。六月，日本戰事起，惋憤時局，時有所吐露，人微言輕，莫之聞也。顧益讀譯書，治算學、地理、歷史等。明年乙未，和議成，代表廣東公車❿百九十人，上書陳時局。既而南海先生聯公車三千人，上書請變法，余亦從其後奔走焉。其年七月，京師強學會開，發起之者為南海先生，贊之者為郎中陳熾、郎中沈曾植、編修張孝謙、浙江溫處道袁世凱等。余被委為會中書記員。不三月，為言官所劾，會封禁。而余居會所數月，會中於譯出西書購置頗備，得以餘日盡瀏覽之，而後益斐然有述作之志，其年始交譚復生、楊叔嶠、吳季清鐵樵、子發父子。

京師之開強學會也，上海亦踵起。京師會禁，上海會亦廢。而黃公度倡議續其餘緒，開一報館，以書見招。三月去京師，至上海，始交公度。七月《時務報》開，余專任撰述之役，報館生涯自茲始，著《變法通議》、《西學書目表》等書。其冬，公度簡出使德國大臣，奏請偕行，會公度使事輟，不果。出使美、日、祕大臣伍廷芳，復奏派為參贊，力辭之。伍固請，許以來年往，既而終辭，專任報事。丁酉四月，直隸總督王文韶、湖廣總督張之洞、大理寺卿盛宣懷，連銜奏保，有旨交鐵路大臣差遣，余不之知也。既而以札來，粘奏折上諭焉，以不願被人差遣辭之。張之洞屢招邀，欲致之幕府，固辭。時譚復生宦隱金陵，間月至上海，相過從，連輿接席。復生著《仁學》，每成一篇，輒相商榷，相與治佛學，復生所以砥礪之者良厚。十月，湖南陳中丞寶箴，江督學標，聘主湖南時務學堂講席，就之。時公度官湖南按察使，復生亦歸湘助鄉治，湘中同志稱極盛。未幾，德國割據膠州灣事起，瓜分之憂，震動全國，而湖南始創南學會，將以為地方自治之基礎，余頗有所贊畫。而時務學堂於精神教育，亦三致意焉。其年始交劉裴邨、林暾谷、唐紱丞⓫、及時務學堂諸生李虎村、林述唐、田均一、蔡樹珊等。

明年戊戌，年二十六。春，大病幾死，出就醫上海，既痊，乃入京師。南海先生方開保國會，余多所贊畫奔走。四月，以徐侍郎致靖之薦，總理衙門再薦，被召見，命辦大學堂譯書局事務。時朝廷銳意變法，百度更新，南海先生深受主知，言聽諫行，復生、暾谷、叔嶠、裴邨，以京卿參預新政，余亦從諸君子之後，黽勉盡瘁。八月政變，六君子為國流血，南海以英人仗義出險，余遂乘日本大島兵艦而東。去國以來，忽忽四年矣。

戊戌九月至日本，十月與橫濱商界諸同志謀設《清議報》。自此居日本東京者一年，稍能讀東文，思想為之一變。己亥七月，復與濱人共設高等大同學校於東京，以為內地留學生預備科之用，即今之清華學校是也。其年美洲商界同志，始有中國維新會之設，由南海先生所鼓舞也。冬間美洲人招往遊，應之。以十一月首途，道出夏威夷島，其地華商二萬餘人，相縶留，因暫住焉，創夏威夷維新會。適以治疫故，航路不通，遂居夏威夷半年。至庚子六月，方欲入美，而義和團變已大起，內地消息，風聲鶴唳，一日百變。已而屢得內地函電，促歸國，遂回馬首而西，比及日本，已聞北京失守之報。七月急歸滬，方思有所效，抵滬之翌日，而漢口難作，唐、林、李、蔡、黎、傅諸烈，先後就義⓬，公私皆不獲有所救。留滬十日，遂去，適香港，既而渡南洋，謁南海，遂道印度，遊澳洲，應彼中維新會之招也。居澳半年，由西而東，環洲歷一周而還。辛丑四月，復至日本。

爾來蟄居東國，忽又歲餘矣，所志所事，百不一就，惟日日為文字之奴隸，空言喋喋，無補時艱。平旦自思，只有慚悚。顧自審我之才力，及我今日之地位，捨此更無術可以盡國民責任於萬一。茲事雖小，亦安得已。一年以來，頗竭棉薄，欲草一中國通史以助愛國思想之發達，然荏苒日月，至今猶未能成十之二。惟於今春為《新民叢報》，冬間復創刊《新小說》，述其所學所懷抱者，以質於當世達人志士，冀以為中國國民遒鐸⓭之一助。嗚呼！國家多難，歲月如流，渺渺之身，力小任重。吾友韓孔廣詩云：「舌下無英雄，筆底無奇士。」嗚呼，筆舌生涯，已催我中年矣！此後所以報國民之恩者，未知何如？每一念及，未嘗不驚心動魄，抑塞而誰語也。

孔子紀元二千四百五十三年壬寅十一月，任公自述。

注釋

❶不獲　推辭不掉。
❷一省　指廣東省。秦末趙佗自立為南越武王於此，自稱「蠻夷大長」。
❸一縣　指新會縣。宋末陸秀夫負帝昺於此投海。
❹慊　音ㄑㄧㄝˋ。滿意。
❺段王　指段玉裁、王念孫、王引之。
❻大海潮音　形容講佛法的聲音如海潮聲一般雄壯。
❼獅子吼　形容佛說法的聲音震動天地，如獅子大吼以懾伏群獸。後凡佛弟子講經說法或為文宣道，均稱獅子吼。亦比喻發揚正義，痛斥乖謬的言論。
❽自辰入見，及戌始退　辰，早上七點到九點；戌，晚上七點到九點。
❾王父棄養　祖父去世。
❿公車　赴會試（進士）的舉人。
⓫唐紱丞　唐才常。
⓬就義　唐才常率自立軍起義勤王，失敗被殺，時務學堂諸生從之者亦皆遇難。
⓭遒鐸　宣傳警眾。

賞析

本篇是一九〇二年配合文集出版而寫的自傳，收入《飲冰室文集》第十一冊。中國的自傳寫作傳統起碼可以上溯至西漢司馬遷，但因為史書記人之篇稱「傳」，很多作者覺得稱自己的生平經歷為「傳」太鄭重，彷彿自認為夠分量列名青史；所以寧願使用「自述」、「自敘」一類的名稱。

首段是序，第二段開始才算傳的正文。和很多的傳一樣，作者先敘述自己生長的地理環境、先世，然後才寫到自己；並且以當時國內外大事襯托出他所處的時代環境。傳主（也就是作者）求知若渴，追求真理的誠摯用心，從他拜師求學一事可見一斑。當時仍是科舉時代，重視科舉功名，他以舉人身分而拜秀才（一說為監生）為師，可算是駭俗的；這應該是由於十二小時滔滔的講論，令他對康有為的學問由衷折服之故。他不是只顧讀書的書呆子，而是先天下之憂而憂，以國家興亡為己任的國士，辦學堂為培養救國人才，辦報為開啓民智；年僅二十六就參與戊戌維新，亡命日本之後繼續奔走國事，不遺餘力。文中完全沒有提到婚後家庭生活和子女（是時已有一子一女）情況，這在傳統的自傳之中倒是常見的。文末三十而稱中年，也是少年老成的傳統習慣。

歐遊心影錄（節錄）

第一篇　歐遊中之一般觀察及一般感想

上篇　大戰前後之歐洲

楔子

民國八年雙十節之次日，我們從意大利經過瑞士，回到巴黎附近白魯威的寓廬。回想自六月六日離去法國以來，足足四個多月。坐了幾千里的鐵路，遊了二十幾個名城，除倫敦外，卻沒有一處住過一來復以上，真是走馬看花，疲於奔命，如今卻有點動極思靜了。白魯威離巴黎二十分鐘火車，是巴黎人避暑之地。我們的寓廬，小小幾間樸素樓房，倒有個很大的院落，雜花豐樹，楚楚可人。當夏令時，想是風味絕佳，可惜我都不曾享受。到得我來時，那天地肅殺之氣，已是到處彌滿。院子裡那些秋海棠野菊，不用說早已萎黃凋謝。連那十幾株百年合抱的大苦栗樹，也抵不過霜威風力，一片片的枯葉蟬聯飄墮，層層堆疊，差不多把我們院子變成黃沙荒磧。還有些樹上的葉，雖然還賴在那裡掙他殘命，卻都帶一種沉憂淒斷之色，向風中戰抖抖的作響，訴說他魂驚望絕。到後來索性連枝帶梗滾掉下來，像也知道該讓出自己所占的位置，教後來的好別謀再造。歐北氣候，本來森鬱，加以今年早寒，當舊曆重陽前後，已有窮冬閉藏景象。總是陰霾霾的欲雨不雨，間日還要湧起濛濛黃霧。那太陽有時從層雲疊霧中瑟瑟縮縮閃出些光線來，像要告訴世人，說他還在那裡。但我們正想要去親炙他一番，他卻已躲得無蹤無影了。我們住的這避暑別墅，本來就不是預備禦冬之用，一切構造，都不合現在的時宜，所以住在裡頭的人，對於氣候的激變，感受不便，自然是更多且更早了。歐戰以來，此地黑煤的稀罕，就像黃金一樣，便有錢也買不著。我們靠著取暖的兩種寶貝，就是那半乾不濕的木柴，和那煤氣廠裡蒸取過煤氣的煤渣。那濕柴煨也再煨不燃，吱吱的響，像背地埋怨，說道你要我中用，還該先下一番工夫，這樣生吞活剝起來，可是不行的。那煤渣在那裡無精打采的乾炙，卻一陣一陣的爆出碎屑來，像是惡很很的說道，我的精髓早已榨乾了，你還要相煎太急嗎？我們想著現在剛是故國秋高氣爽的時候，已經一寒至此，將來還有三四個月的嚴冬，不知如何過活。因此連衣服也不敢多添，好預備他日不時之用。只得靠些室內室外運動，鼓起本身原有的熱力，來抵抗外界的沍寒。我們同住的三五個人，就把白魯威當作一個深山道院。巴黎是絕跡不去的，客人是一個不見的，鎮日坐在一間開方丈把的屋子裡頭，傍著一個不生不滅的火爐，圍著一張亦圓亦方的桌子，各人埋頭埋腦做各自的功課。這便是我們這一冬的單調生活趣味，和上半年恰恰成個反比例了。我的功課中有一件，便是要做些文章，把這一年中所觀察和所感想寫出來。

社會革命暗潮

前段所說，是從對外的一個國民生計單位著想，覺得他們困難萬狀。再一轉眼將這單位的內部組織仔細看來，那更令人不寒而慄了。貧富兩階級戰爭，這句話說了已經幾十年，今日卻漸漸到了不能不實現的時代。這種國內戰爭，在人類進化史上的價值，絕非前四年來國際戰爭可比，但現在正當將發未發之時，好像大蛇要蛻殼一般，那痛苦實不難想像。原來歐洲去封建政治未久，各國土地多在貴族或教會手裡，法國大革命後，算是有幾國把這土地所有權稍為均分，但內中還有許多國維持舊狀，如革命前的俄國就是這樣，現在的英國還是這樣。這還不打緊，自從機器發明、工業革命以還，生計組織起一大變動，重新生出個富族階級來。科學愈昌，工廠愈多，社會遍枯亦愈甚。富者益富，貧者益貧，物價一日一日騰貴，生活一日一日困難。工人所得的工錢，夠吃不夠穿，夠穿不夠住，休息的時間也沒有，受教育的時間也沒有，生病幾天，便要全家綁著肚子，兒女教養費不用說了，自己老來的日子還不曉得怎樣過活。回頭看那資本家，今日賺五萬，明日賺十萬，日常享用，過於王侯。他們在那裡想，同是上天所生人類，為什麼你就應該快樂，我就應該恁麼可憐；再進一步想，你的錢從哪裡來，還不是絞著我的汗，添你的油，挖我的瘡，長你的肉。他們其始也是和中國人一般，受了苦自己怨命，後來漸漸明白，知道地位是要自己掙來，於是到處成立工團，決心要和那資本家挑戰。他們的旗幟，是規定最低限的工錢和最高限的做工時刻，而且這兩種限是要時時改變的，得一步便進一步。還有些有學問的人，推本窮源說這種現象，都是從社會組織不合理生出來，想救濟他，就要根本改造。改造方法，有一派還承認現存的政治組織，說要把生產機關收歸國有；有一派連現在國會咧、政府咧，都主張根本打破，親自耕田的人准他有田，在那個廠做工的人就管那個廠的事，耕田做工的人舉出委員，國家大事就由他一手經理。各國普通社會黨大半屬前一派，俄國過激黨便屬後一派。前一派所用手段，是要在現行代議政治之下，漸漸擴張黨勢，掌握政權。現時在各國國會及地方議會，勢力都日增一日，好幾國機會已成熟，其餘的也像快要成熟了。至於後一派，俄國的火蓋已自劈開，別國也到處埋著火線。有些非社會黨的政治家，眼光銳敏辦些社會主義的立法，想要緩和形勢，只是積重難返，補牢已遲。

社會革命，恐怕是二十世紀史惟一的特色，沒有一國能免，不過爭早晚罷了。戰勝國人民，一時為虛榮心所掩，還沒有什麼法外行動，但過後痛定思痛，想起這些勝利光榮，還不是曇花一現，我們打了幾年仗，從戰場裡拾回這條殘命，依然是要穿沒穿、要吃沒吃。還有那陣亡將士的孤兒寡婦，在這種百物騰貴時候，靠幾塊錢恤金過日子，只好坐以待斃。你們說獎勵國產、增進國富是目前第一要義，我還要問一句：國富增進了究竟於我有何好處？你們打著國家旗號謀私人利益，要我跟著你們瞎跑，我是不來的。這種思想，在戰勝國的勞動社會中，已是到處瀰滿了。

那些資本家卻也有他的為難，幾年戰爭，營業已衰落到極地，安能不謀恢復？那政府為一時的國產政策起見，對於現在資本家所經營的事業，亦不能不加以保護。所以兩方面總是相持的多、相讓的少。我們留歐一年，這罷工風潮，看見的聽見的每月總有幾次，其中最大的如九月間英國鐵路罷工，哪裡是兩個團體競爭，簡直就是兩個敵國交戰。其實這事何足為奇，如今世界上一切工業國家，哪一國不是早經分為兩國，那資本國和勞動國，早晚總有一回短兵相接，拚個你死我活。我們準備著聽戰報罷。

學說影響一斑

從來社會思潮，便是政治現象的背景；政治現象，又和私人生活息息相關。所以思潮稍不健全，國政和人事一定要受其弊。從前歐洲人民，呻吟於專制干涉之下，於是有一群學者，提倡自由放任主義，說道政府除保持治安外不要多管閒事，聽各個人自由發展，社會自然向上。這種理論，能說他沒有根據嗎？就過去事實而言，百年來政制的革新和產業的發達，哪一件不叨這些學說的恩惠！然而社會上的禍根，就從茲而起。現在貧富階級的大鴻溝，一方面固由機器發明，生產力集中變化；一方面也因為生計上自由主義成了金科玉律，自由競爭的結果，這種惡現象自然會演變出來呀。這還罷了，到十九世紀中葉，更發生兩種極有力的學說來推波助瀾，一個就是生物進化論，一個就是自己本位的個人主義。自達爾文發明生物學大原則，著了一部名山不朽的《種源論》，博洽精闢，前無古人，萬語千言，就歸結到「生存競爭，優勝劣敗」八個大字。這個原則，和穆勒的功利主義、邊沁的幸福主義相結合，成了當時英國學派的中堅，同時士梯尼 (Max Stirner)、卡戛加 (Soren Kiergegand) 盛倡自己本位說，其弊極於德之尼采，謂愛他主義為奴隸的道德，謂剿絕弱者為強者之天職，且為世運進化所必要。這種怪論，就是借達爾文的生物學做個基礎，恰好投合當代人的心理。所以就私人方面論，崇拜勢力，崇拜黃金，成了天經地義；就國家方面論，軍國主義、帝國主義，變了最時髦的政治方針。這回全世界國際大戰爭，其起源實由於此；將來各國內階級大戰爭，其起源也實由於此。

科學萬能之夢

大凡一個人，若使有個安心立命的所在，雖然外界種種困苦，也容易抵抗過去。近來歐洲人，卻把這件沒有了。為什麼沒有了呢？最大的原因，就是過信「科學萬能」。

原來歐洲近世的文明有三個來源：第一是封建制度，第二是希臘哲學，第三是耶穌教。封建制度規定個人和社會的關係，形成一個道德的條件和習慣。哲學是從智的方面研究宇宙最高原理及人類精神作用，求出個至善的道德標準。宗教是從情的、意的兩方面，給人類一個「超世界」的信仰。那現世的道德，自然也跟著得個標準。十八世紀前的歐洲，就是靠這個過活。自法國大革命後，封建制度完全崩壞，古來道德的條件和習慣，大半不適於用，歐洲人的內部生活漸漸動搖了。社會組織變更，原是歷史上常態，生活就跟著也慢慢蛻變，本來沒有什麼難處。但這百年來的變更卻與前不同，因科學發達結果，產業組織從根柢翻新起來，變既太驟，其力又太猛，其範圍又太廣，他們要把他的內部生活湊上來和外部生活相應，卻處處措手不及。最顯著的，就是現在都會的生活和從前堡聚的村落的生活截然兩途。聚了無數素不相識的人在一個市場或一個工廠內共同生活，除了物質的利害關係外，絕無情感之可言，此其一。大多數人無恆產，恃工為活，生活拮据，飄飄無著，好像枯蓬斷梗，此其二。社會情形太複雜，應接不暇，到處受刺戟，神經疲勞，此其三。勞作完了想去耍樂，耍樂未完又要勞作，晝夜忙碌，無休養之餘裕，此其四。慾望日日加高，百物日日加貴，生活日日加難，競爭日日加烈，此其五。以上所說，不過隨手拈出幾條，要而言之，近代人因科學發達，生出工業革命，外部生活變遷急劇，內部生活隨而動搖，這是很容易看得出的。內部生活，本來可以憑宗教、哲學等等力量，離去了外部生活依然存在。近代人卻怎樣呢？科學昌明以後，第一個致命傷的就是宗教。人類本從下等動物蛻變而來，哪裡有什麼上帝創造！還配說人為萬物之靈嗎？宇宙間一切現象，不過物質和他的運動，哪裡有什麼靈魂，更哪裡有什麼天國！講到哲學，從前康德和黑格爾時代，在思想界儼然有一種權威，像是統一天下。

自科學漸昌，這派唯心論的哲學便四分五裂，後來岡狄的《實證哲學》和達爾文的《種源論》同年出版，舊哲學更是根本動搖。老實說一句，哲學家簡直是投降到科學家的旗下了。

依著科學家的新心理學，所謂人類心靈這件東西，就不過物質運動現象之一種，精神和物質的對待，就根本不成立。所謂宇宙大原則，是要用科學的方法試驗得來，不是用哲學的方法冥想得來的。這些唯物派的哲學家，托庇科學宇下建立一種純物質的、純機械的人生觀，把一切內部生活、外部生活，都歸到物質運動的「必然法則」之下。這種法則，其實可以叫作一種變相的運命前定說。不過舊派的前定說，說運命是由八字裡帶來或是由上帝注定，這新派的前定說，說運命是由科學的法則完全支配。所憑藉的論據雖然不同，結論卻是一樣。不惟如此，他們把心理和精神看成一物，根據實驗心理學，硬說人類精神也不過一種物質，一樣受「必然法則」所支配。於是人類的自由意志，不得不否認了。意志既不能自由，還有什麼善惡的責任？我為善不過那「必然法則」的輪子推著我動；我為惡也不過那「必然法則」的輪子推著我動，和我什麼相干！如此說來，這不是道德標準應如何變遷的問題，真是道德這件東西能否存在的問題了。現今思想界最大的危機，就在這一點。宗教和舊哲學，既已被科學打得個旗靡轍亂，這位「科學先生」便自當仁不讓起來，要憑他的試驗，發明個宇宙新大原理。卻是那大原理且不消說，敢是各科各科的小原理，也是日新月異。今日認為真理，明日已成謬見；新權威到底樹立不來，舊權威卻是不可恢復了。所以全社會人心，都陷入懷疑、沉悶、畏懼之中，好像失了羅針的海船遇著風遇著霧不知前途怎生是好。既然如此，所以那些什麼樂利主義、強權主義愈發得勢。死後既沒有天堂，只好盡這幾十年盡地快活；善惡既沒有責任，何妨盡我的手段來充滿我個人慾望。然而享用的物質增加速率，總不能和慾望的騰升同一比例，而且沒有法子令他均衡。怎麼好呢？只有憑自己的力量自由競爭起來，質而言之，就是弱肉強食。近年來什麼軍閥、什麼財閥，都是從這條路產生出來。這回大戰爭，便是一個報應。諸君又須知，我們若是終久立在這種唯物的、機械的人生觀上頭，豈獨軍閥財閥的專橫可憎可恨，就是工團的同盟抵抗乃至社會革命，還不同是一種強權作用？不過從前強權，在那一班少數人手裡；往後的強權，移在這一班多數人手裡罷了。

總之，在這種人生觀底下，那麼千千萬萬人前腳接後腳地來這世界走一趟住幾十年，幹什麼呢？獨一無二的目的就是搶麵包吃！不然就是怕那宇宙間物質運動的大輪子缺了發動力，特自來供給他燃料。果真這樣，人生還有一毫意味，人類還有一毫價值嗎？無奈當科學全盛時代，那主要的思潮，卻是偏在這方面。當時謳歌科學萬能的人，滿望著科學成功，黃金世界便指日出現。如今功總算成了，一百年物質的進步，比從前三千年所得還加幾倍；我們人類不惟沒有得著幸福，倒反帶來許多災難。好像沙漠中失路的旅人，遠遠望見個大黑影，拚命往前趕，以為可以靠他嚮導，哪知趕上幾程，影子卻不見了，因此無限悽惶失望。影子是誰？就是這位「科學先生」。歐洲人做了一場科學萬能的大夢，到如今卻叫起科學破產來。這便是最近思潮變遷一個大關鍵了。

（自注）讀者切勿誤會，因此菲薄科學，我絕不承認科學破產，不過也不承認科學萬能罷了。

思想之矛盾與悲觀

凡一個人，若是有兩種矛盾的思想在胸中交戰，最是苦痛不過的事。社會思潮何獨不然。近代的歐洲，新思想和舊思想的矛盾，不消說了。就專以新思想而論，因為解放的結果，種種思想同時從各方面迸發出來，都帶幾分矛盾性。如個人主義和社會主義矛盾，社會主義和國家主義矛盾，國家主義和個人主義也矛盾，世界主義和國家主義又矛盾。從本原上說來，自由、平等兩大主義，總算得近代思潮總綱領了，卻是絕對的自由和絕對的平等，便是大大一個矛盾。分析起來，哲學上唯物和唯心的矛盾，社會上競存和博愛的矛盾，政治上放任和干涉的矛盾，生計上自由和保護的矛盾，種種學說，都是言之有故、持之成理，從兩極端分頭發展，愈發展得速，愈衝突得劇，消滅是消滅不了，調和是調和不來。種種懷疑，種種失望，都是為此。他們有句話叫作「世紀末」。這句話的意味，從狹義的解釋，就像一年將近除夕，大小帳務，逼著要清算，卻是頭緒紛繁，不知從何算起；從廣義解釋，就是世界末日，文明滅絕的時候快到了。

我們自到歐洲以來，這種悲觀的論調，著實聽得洋洋盈耳。記得一位美國有名的新聞記者賽蒙氏和我閒談（他做的戰史公認是第一部好的），他問我：「你回到中國幹什麼事？是否要把西洋文明帶些回去？」我說：「這個自然。」他嘆一口氣說：「唉，可憐，西洋文明已經破產了。」我問他：「你回到美國卻幹什麼？」他說：「我回去就關起大門老等，等你們把中國文明輸進來救拔我們。」我初初聽見這種話，還當他是有心奚落我，後來到處聽慣了，才知道他們許多先覺之士著實懷抱無限憂危，總覺得他們那些物質文明是製造社會險象的種子，倒不如這世外桃源的中國還有辦法。這就是歐洲多數人心理的一斑了。

下篇　中國人之自覺

階級政治與全民政治

第三、從前有兩派愛國之士，各走了一條錯路。甲派想靠國中固有的勢力，在較有秩序的現狀之下，漸行改革。誰想這主義完全錯了，結局不過被人利用，何嘗看見什麼改革來。乙派要打破固有的勢力，拿什麼來打呢？卻是拿和他同性質的勢力，說道：「你不行，等我來。」誰想這主意也完全錯了，說是打軍閥，打軍閥的人還不是個軍閥嗎？說是排官僚，排官僚的人還不是個官僚嗎？一個強盜不惟沒有去掉，倒反替他添許多羽翼，同時又在別方面添出許多強盜來。你看這幾年軍閥官僚的魔力，不是多謝這兩派人直接間接或推或挽來造成嗎？兩派本心都是愛國，愛國何故發生禍國的結果呢？原來兩派有個共同謬見，都是受了舊社會思想的錮蔽，像杜工部詩說的：「二三豪傑為時出，整頓乾坤濟時了。」哪裡知道民主主義的國家，徹頭徹尾都是靠大多數國民，不是靠幾個豪傑。從前的立憲黨，是立他自己的憲，干國民什麼事？革命黨也是革他自己的命，又干國民什麼事？好比開一瓶啤酒，白泡子在面上亂噴，像是熱烘烘的，氣候一過，連泡子也沒有了，依然是滿瓶冰冷。這是和民主主義運動的原則根本背馳，二十年來種種失敗，都是為此。今日若是大家承認這個錯處，便著實懺悔一番，甲派拋棄那利用軍人、利用官僚的卑劣手段，乙派也拋棄那運動軍人、運動土匪的卑劣手段，各人拿自己所信，設法注射在多數市民腦子裡頭，才是一條蕩蕩平平的大路。質而言之，從國民全體下工夫，不從一部分可以供我利用的下工夫，才是真愛國，才是救國的不二法門。把從前做的一部分人的政治醒轉過來，那全民政治才有機會發生哩。

思想解放

第六、要個性發展，必須從思想解放入手。怎樣叫作思想解放呢？無論什麼人向我說什麼道理，我總要窮原竟委想過一番，求出個真知灼見；當運用思想時，絕不許有絲毫先入為主的意見束縛自己，空洞洞如明鏡照物，經此一想，覺得對，我便信從，覺得不對，我便反抗。「曾經聖人手，議論安敢到。」這是韓昌黎極無聊的一句話。聖人做學問，便已不是如此，孔子教人擇善而從，不經一番擇，何由知得他是善？只這個「擇」字，便是思想解放的關目。歐洲現代文化，不論物質方面、精神方面，都是從「自由批評」產生出來，對於在社會上有力量的學說，不管出自何人，或今或古，總許人憑自己見地所及，痛下批評。批評豈必盡當？然而必經過一番審擇，才能有這批評，便是開了自己思想解放的路；因這批評，又引起別人的審擇，便是開了社會思想解放的路。互相浚發，互相匡正，真理自然日明，世運自然日進。倘若拿一個人的思想做金科玉律，範圍一世人心，無論其人為今人，為古人，為凡人，為聖人，無論他的思想好不好，總之是將別人的創造力抹殺，將社會的進步勒令停止了。須知那人若非經過一番思想，如何能創造這金科玉律來。我們既敬重那人，要學那人，第一件便須學他用思想的方法。他必是將自己的思想脫掉了古代思想和並時思想的束縛，獨立自由研究，才能立出一家學說，不然，這學說可不算他的了。既已如此，為什麼我們不學他這一點，倒學他一個反面？我中國千餘年來，學術所以衰落，進步所以停頓，都是為此。

有人說，思想一旦解放，怕人人變了離經叛道。我說，這個全屬杞憂。若使不是經、不是道，離他、叛他不是應該嗎？若使果是經、果是道，那麼，俗語說得好：「真金不怕紅爐火。」有某甲的自由批評攻擊他，自然有某乙某丙的自由批評擁護他，經一番刮垢磨光，愈發顯出他真價，倘若對於某家學說不許人批評，倒像是這家學說經不起批評了。所以我奉勸國中老師宿儒，千萬不必因此著急，任憑青年縱極他的思想力，對於中外古今學說隨意發生疑問，就是鬧得過火，有些「非堯舜，薄湯武」，也不要緊。他的話若沒有價值，自然無傷日月，管他則甚？若認為夠得上算人心世道之憂，就請痛駁起來呀！只要彼此適用思辨的公共法則，駁得針鋒相對，絲絲入扣，孰是孰非，自然見個分曉。若單靠禁止批評，就算衛道，這是秦始皇「偶語棄市」的故技，能夠成功嗎？

還有幾句打破後壁的話，待我說來。思想解放，道德條件一定跟著動搖，同時社會上發現許多罪惡，這是萬無可逃的公例。但說這便是人心世道之憂，卻不見得。道德條件，本是適應於社會情形建設起來。（孔子所謂「時中時宜」，最能發明此理。）社會變遷，舊條件自然不能用；不能適用的條件，自然對於社會上失了拘束力，成了一種僵石的裝飾品，一面舊條件既有許多不適用，一面在新社會組織之下，需要許多新條件，卻並未規定出來，道德觀念的動搖，如何能免？我們主張思想解放，就是受了這動搖的刺激，想披荊斬棘求些新條件，給大家安心立命。他們說解放思想便是破壞道德，「道德」二字做何解釋，且不必辯，就算把思想完全封鎖起來，試問他們所謂道德，是否就人人奉行？舊道德早已成了具文，新道德又不許商榷，這才真是破壞道德哩！

至於罪惡的發現，卻有兩個原因：第一件，是不受思想解放影響的。因為舊道德本已失了權威，不復能拘束社會，所以惡人橫行無忌。你看武人、政客、土匪、流氓，做了幾多罪惡，難道是新思想提倡出來的嗎？第二件，是受思想解放影響的。因為提倡解放思想的人，自然愛說抉破藩籬的話，有時也說得太過，那些壞人就斷章取義，拿些話頭做護身符，公然做起惡來。須知這也不能算思想解放的不好，因為他本來是滿腔罪惡，從前卻隱藏掩飾起來，如今索性盡情暴露，落得個與眾共棄，還不是於社會有益嗎？所以思想解放，只有好處，並無壞處。我苦口諄勸那些關心世道人心的大君子，不必反抗這個潮流罷。

徹底

第七，提倡思想解放，自然靠這些可愛的青年。但我也有幾句忠告的話：「既解放便須徹底，不徹底依然不算解放。」就學問而論，總要拿「不許一毫先入為主的意見束縛自己」這句話做個原則。中國舊思想的束縛固然不受，西洋新思想的束縛也是不受。一種學說到眼前，總要虛心研究，放膽批評。但這話說來甚易，做到實難。因為我們學問根柢，本來甚淺；稍有價值的學說到了面前，都會發生魔力，不知不覺就被他束縛起來。我們須知，拿孔、孟、程、朱的話當金科玉律說他神聖不可侵犯；固是不該；拿馬克思、易卜生的話當做金科玉律說他神聖不可侵犯，難道又是該的嗎？我們又須知，現在我們所謂新思想，在歐洲許多已成陳舊，被人駁得個水流花落。就算他果然很新，也不能說「新」便是「真」呀！我們又須知，泰西思想界，現在依然是渾沌過渡時代，他們正在那裡橫衝直撞尋覓曙光。許多先覺之士，正想把中國、印度文明輸入，圖個東西調和。這種大業，只怕要靠我們才得完成哩。我們青年將來要替全世界人類肩起這個大責任，目前預備工夫，自然是從研究西洋思想入手。一則因為他們的研究方法，確屬精密，我們應該採用他；二則因為他們思想解放已經很久，思潮內容豐富。種種方面可供參考。雖然，研究只管研究，盲從卻不可盲從，須是老吏斷獄一般，無論中外古今何種學說，總拿他做供詞證詞，助我的判斷，不能把判斷權徑讓給他。這便是徹底解放的第一義。就德性論，那層解縛的工夫，卻更費力了。德性不堅定，做人先自做不成，還講什麼思想？但我們這德性，也受了無數束縛，非悉數解放，不能樹立。祖宗的遺傳，社會的環境，都是有莫大力量，壓得人不能動彈。還有個最凶狠的大敵，就是五官四肢，他和我頃刻不離，他處處要干涉我誘惑我，總要把我變成他的奴隸。我們要完成自己的個性，卻四面遇著怨敵，所以坐在家裡頭也要奮鬥，出來到一切人事交際社會也要奮鬥，不是鬥別人，卻是鬥自己。稍鬆點勁，一敗塗地，做了捕虜，永世不能自由了。青年人對於種種關頭，更是極難通過，因為他生理衝動的作用，正在極強極盛時候，把心性功能壓住了。所以有時發揚得越猛，墮落得越快。在沒有思想的人，固不足惜；有思想的人，結果得個墮落，那國家元氣，真擱不住這種斫喪了。欲救此病，還是從解放著力。常常用內省工夫，體認出一個「真我」。凡一切束縛這「真我」的事物，一層一層的排除打掃。這便是徹底解放的第二義。

組織能力及法治精神

第八，我們中國人最大的缺點，在沒有組織能力，在沒有法治精神。拿一個一個的中國人和一個一個的歐美人分開比較，無論當學生，當兵，辦商業，做工藝，我們的成績，絲毫不讓他們。但是他們合起十個人，力量便加十倍，能做成十倍大規模的事業；合起千百萬個人，力量便加千百萬倍，能做成千百萬倍大規模的事業。中國人不然，多合了一個人，不惟力量不能加增，因衝突掣肘的結果，彼此能力相消，比前倒反減了；合的人越發多，力量便減到零度。所以私家開個鋪子，都會賺錢，股份公司，什有九要倒帳。很勇敢的兵丁，合起來做個軍隊，都成敗類。立憲共和便鬧成個四不像。總之凡屬要經一番組織的事業，到中國人手裡，總是一塌糊塗了結。但是沒組織的社會和有組織的社會碰頭，直是擠不過去，結果非被淘汰不可。然則人家的組織能力從何而來，我們為什麼竟自沒有呢？我想起來，爭的只是一件，就是有無「法治精神」的區別，一群人為什麼能結合起來，靠的是一種共同生活的規條，大眾都在這規條的範圍內分工協力。若是始終沒有規條，或是規條定了不算帳，或是存了一個利用的心，各人仍舊是希圖自己的便利，這群體如何能成立？便不能共同生活。歐美人的社會，大而國家政治，小而團體遊戲，人人心坎中，都認定若干應行共守的規則，覺得他神聖不可侵犯。這種規則，無論叫做法律叫做章程叫做條例叫做公約，無論成文或不成文，要之初時是不肯輕易公認，一經公認之後，便不許違反又不許利用。一群人靠了這個，便像一付機器有了發動機，個個輪子自然按部就班的運行。我國人這種觀念，始終沒有養成。近來聽見世界有個「法治」的名詞，也想撿來充個門面，至於法治精神，卻分毫未曾領會。國會、省議會，天天看見第幾條第幾項的在那裡議，其實政府就沒有把他當一回事，人民就沒有把他當一回事，議員自身更沒有把他當一回事。什麼公司咧，什麼協會咧，個個都有很體面的幾十條章程，按到實際，不過白紙上印了幾行黑墨。許多人日日大聲疾呼，說最要緊是合群結團體，你想在這種脾氣之下，群怎麼能合，團體怎麼能成？其實提倡的人，先自做了這種脾氣的奴隸，這還有什麼好說呢？我初時在那裡想，這個不要是我國民天賦的劣根性罷，果然如此，便免不了最後的生存淘汰，真可驚心動魄！後來細想，知道不然，乃是從前的歷史，把這種良能壓住了，久未發達。因為從前過的是單調生活，不是共同生活，自然沒有什麼合理的公守規條。從前國家和家族，都是由命令服從兩種關係結構而成。命令的人，權力無上，不容有公認規則來束縛他；服從的人，只隨時等著命令下來就去照辦，也用不著公認規則。因此之故，法治兩字，在從前社會，可謂全無意義。人類的開化是向共同生活而趨，便叫我們覺得沒有組織便不能存活。若不把組織的良能重新浚發出來，這身子從何託命？什麼是良能？只法治精神便是了。

社會主義商榷

第十一、講到國民生計上，社會主義自然是現代最有價值的學說。國內提倡新思潮的人，漸漸地注意研究他，也是很好的現象。但我的意見，提倡這主義，精神和方法不可併為一談。精神是絕對要採用的，這種精神，不是外來，原來我所固有。孔子講的「均無貧，和無寡」，孟子講的「恆產恆心」，就是這主義最精要的論據。我並沒有絲毫附會。至於實行方法，那就各國各時代種種不同。歐美學者，同在這面大旗底下，已經有無數派別，應該採用哪一種，採用的程度如何，總要順應本國現時社會的情況。歐洲為什麼有社會主義？是由工業革命孕育出來。因為工業組織發達得偏畸，愈發達愈生毒害，社會主義家想種種方法來矯正他，說得都是對症下藥。在沒有工業的中國，想要把他悉數搬來應用，流弊有無，且不必管，卻最苦的是搔不著癢處。試舉幾個例：譬如要學他們結個工團和資本階級對抗，就要先問國內是否有資本階級？若沒有，便是無的放矢。軍閥官僚擁幾百萬家私算得資本階級嗎？各國資本家在國民生計一個總單位裡頭，生產方面關係何等重大，軍閥官僚連搶帶騙，左手得來的錢，右手向不生產的方面盡情揮霍，配說資本家嗎？至於有些正當商人，辛苦經營個把公司，正在和外貨競爭弄得焦頭爛額，我們硬說他是資本階級，施行總攻擊，問良心其實不忍！又如馬克思一派倡的生產機關國有論，在歐美豈非救時良藥，若要搬到中國，就要先問什麼是生產機關，我們國內有了不曾？就算有了罷，說要歸到國家，我頭一個就反對。你不看見鐵路麼，鐵路國有權是歐美社會黨最堅持的大問題，我們不是早辦了嗎？結果如何？在這種政治組織之下提倡集產，豈非殺羊豢虎，以上所舉，拿來做個比方，並不是論他的方法良不良，只是論我們用得著用不著。

至於有的人說，現在中國應注重的是生產問題不是分配問題，這句話我卻不敢完全同意。我的主張是：一面用全力獎勵生產，同時眼光並須顧及分配。戰後各國拚命的擴充輸出，國際間產品競爭，比前更烈，我若不圖抵制，何以自存？但工業方當幼稚之時，萌蘖是摧殘不得，煽動工人去和辦工廠的做對，我認為等於自殺：但當工業發軔之初，便應計及將來發達以後，生出何種影響。歐洲工業革命時代，就因為沒有思患預防，如今鬧到積重難返，費盡九牛二虎之力，還矯正不了幾分。好在我們是個後進國，他們走的路怎麼錯法，都已眼見；他們所用的醫方，一張一張地羅列供我參考。我們只要避了那迷人的路，用了那防病的方，令工業組織一起手便是合理健全的發展，將來社會革命這個險關，何嘗不可以免掉？須知革命都是出於不得已，本非吉祥善事，免得掉還是免掉的好哩。所以我對於目前產業上的意見，主張發揮資本和勞動的互助精神。現在各國工廠所給工人的利益及方便，我們要調查詳備，儘力盡施；一面還要國家從稅則上及其他種種立法上，力求分配趨於公平。同時生產組合、消費組合等項，最要極力提倡，令小資本家以至赤貧的工人，都得有正當防衛的武器。至於勞動者本身的自治精神，亦應在學校內、工廠內設法陶養，不論公共企業或私人企業，都得盡情發揮互助的精神。這便是目前坦坦平平的一條大路，至於太過精闢新奇的學說，只好拿來做學問上解放思想的資料，講到實行，且慢一步罷。

中國人對於世界文明之大責任

以上十二段，我都是信手拈來，沒有什麼排列組織。但我覺得我們因此反省自己從前的缺點，振奮自己往後的精神，循著這條大路，把國家挽救建設起來，絕非難事。我們的責任，這樣就算盡了嗎？我以為還不止此。人生最大的目的，是要向人類全體有所貢獻。為什麼呢？因為人類全體才是「自我」的極量，我要發展「自我」，就須向這條路努力前進。為什麼要有國家？因為有個國家，才容易把這國家以內一群人的文化力聚攏起來、繼續起來、增長起來，好加入人類全體中助他發展。所以建設國家是人類全體進化的一種手段，就像市府、鄉村的自治結合，是國家成立的一種手段。就此說來，一個人不是把自己的國家弄到富強便了，卻是要叫自己國家有功於人類全體，不然，那國家便算白設了。明白這道理，自然知道我們的國家，有個絕大責任橫在前途。什麼責任呢？是拿西洋的文明來擴充我的文明，又拿我的文明去補助西洋的文明，叫他化合起來成一種新文明。我在巴黎曾會著大哲學家蒲陀羅（Boutreu，柏格森之師），他告訴我說：「一個國民，最要緊的是把本國文化發揮光大，好像子孫襲了祖父遺產，就要保住他，而且叫他發生功用。就算很淺薄的文明，發揮出來，都是好的，因為他總有他的特質。把他的特質和別的特質化合，自然會產出第三種更好的特質來。你們中國，著實可愛可敬，我們祖宗裹塊鹿皮拿把石刀在野林裡打獵的時候，你們不知已出了幾多哲人了。我近來讀些譯本的中國哲學書，總覺得他精深博大，可惜老了，不能學中國文。我望中國人總不要失掉這份家當才好。」我聽著他這番話，覺得登時有幾百斤重的擔子加在我肩上。又有一回，和幾位社會黨名士閒談，我說起孔子的「四海之內皆兄弟」，「不患寡而患不均」，跟著又講到井田制度，又講些墨子的「兼愛」、「寢兵❶」，他們都跳起來說道：「你家裡有這些寶貝，卻藏起來不分點給我們，真是對不起人啊！」我想我們還夠不上說對不起外人，先自對不起祖宗罷了。

近來西洋學者，許多都想輸入些東方文明，令他們得些調劑，我仔細想來，我們實在有這個資格。何以故呢？從前西洋文明，總不免將理想實際分為兩橛❷，唯心唯物各走極端。宗教家偏重來生，唯心派哲學高譚玄妙，離人生問題都是很遠；科學一個反動，唯物派席捲天下，把高尚的理想又丟掉了。所以我從前說道：「頂時髦的社會主義，結果也不過搶麵包吃。」這算得人類最高目的麼？所以最近提倡的實用哲學、創化哲學，都是要把理想納到實際裡頭，圖個心物調和。我想我們先秦學術，正是從這條路上發展出來。孔、老、墨三位大聖，雖然學派各殊，「求理想與實用一致」，卻是他們共同的歸著點。如孔子的「盡情贊化」、「自強不息」，老子的「各歸其根」，墨子的「上同於天」，都是看出有個「大的自我」、「靈的自我」和這「小的自我」、「肉的自我」同體，想要因小通大，推肉合靈。我們若是跟著三聖所走的路，求「現代的理想與實用一致」，我想不知有多少境界可以闢得出來哩！又佛教雖創自印度，而實盛於中國。現在大乘各派，五印全絕，正法一脈，全在支那。歐人研究佛學，日盛一日，梵文所有經典，差不多都翻出來，但向梵文裡頭求大乘，能得多少？我們自創的宗派，更不必論了。像我們的禪宗，真可以算得應用的佛教。世間的佛教，的確是要印度以外才能發生，的確是表現中國人特質，叫出世法和現世法並行不悖。現在柏格森、倭鏗等輩，就是想走這條路還沒走通。我常想，他們若能讀唯識宗的書，他的成就一定不只這樣；他們若能理解禪宗，成就更不只這樣。你想，先秦諸哲、隋唐諸師，豈不都是我們仁慈聖善的祖宗積得好幾大宗遺產給我們嗎？我們不肖，不會享用，如今倒要鬧學問饑荒了。就是文學、美術各方面，我們又何嘗讓人？國中那些老輩，故步自封，說什麼西學都是中國所固有，誠然可笑，那沉醉西風的，把中國什麼東西都說得一錢不值，好像我們幾千年來，就像土蠻部落，一無所有，豈不更可笑嗎？須知凡一種思想，總是拿他的時代來做背景。我們要學的，是學那思想的根本精神，不是學他派生的條件，因為一落到條件，就沒有不受時代支配的。譬如孔子，說了許多貴族性的倫理，在今日誠然不適用，卻不能因此菲薄孔子。柏拉圖說奴隸制度要保存，難道因此就把柏拉圖抹殺嗎？明白這一點，那麼研究中國舊學，就可以得公平的判斷，去取不致謬誤了。卻還有很要緊的一件事，要發揮我們的文化，非借他們的文化做途徑不可。因為他們研究的方法，實在精密，所謂「工欲善其事，必先利其器」。不然，從前的中國人，哪一個不讀孔夫子，哪一個不讀李太白，為什麼沒有人得著他好處呢？所以我希望我們可愛的青年，第一步，要人人存一個尊重愛護本國文化的誠意；第二步，要用那西洋人研究學問的方法去研究他，得他的真相；第三步，把自己的文化綜合起來，還拿別人的補助他，叫他起一種化合作用，成了一個新文化系統；第四步，把這新系統往外擴充，叫人類全體都得著他好處。

我們人數居全世界人口四分之一，我們對於人類全體的幸福，該負四分之一的責任。不盡這責任，就是對不起祖宗，對不起同時的人類，其實是對不起自己。我們可愛的青年啊，立正，開步走！大海對岸那邊有好幾萬萬人，愁著物質文明破產，哀哀欲絕地喊救命，等著你來超拔他哩。我們在天的祖宗三大聖和許多前輩，眼巴巴盼望你完成他的事業，正在拿他的精神來加佑你哩！

第二篇　歐行途中

南洋所感

船開了，經過香港、新加坡、檳榔嶼，一天一天的熱起來。十日以前，走津浦路線，正遇著大雪，蕪齊平陸，一日千里。十日以後，在檳榔嶼植物園賞起荷來了。我們的衣服，就好像剝竹筍，一層一層的褪，到後來穿一件白夾，還是汗下如雨。想起來人類受環境的支配，真是利害，你不順應他，你能夠存活嗎？現時國內大多數人所說的話，所做的事，所懷的思想，豈不都是穿著大毛遊歷新加坡嗎？

我們離開國境已經十多日，卻是到的地方，還是和內地旅行一樣。新加坡、檳榔嶼一帶，除了一面英國國旗外，簡直和廣東、福建的熱鬧市鎮，毫無差別。開大礦的麼，中國人。種大橡皮園的麼，中國人。大行號麼，中國人。雜貨小販麼，中國人。苦力麼，中國人。乞丐麼，中國人。計英屬海峽殖民地三州，中國人約二十六七萬，歐洲各國白人合計，不過六千八百。再就南洋華僑全體約計，英屬（殖民地三州，保護地四州合計）二百萬，荷屬三百萬，暹羅、安南等處三百五十萬，總數八百五十萬。和南斯拉夫、比利時兩國的人口大略相等，比匈牙利、羅馬尼亞略少些，比荷蘭略多些，比瑞士、希臘約多一倍。唉！他們都是和英法德美分庭抗禮的一個國家了。再者美國十三州聯合建國時，人數也不過幾百萬，他們當初也不過因為在家鄉覓食艱難，出外別謀生路，那動機正和我們去南洋的一樣，如今是恁麼一個局面囉呢？比起來正是羞得死人。我們在船上討論到這些情形，張君勱就做了一篇文章，論中華民族南洋建國問題。我想我們中國人，直到如今，從沒有打過主意要建設自己的國家，不然，何至把本國糟到這般田地？四萬萬人尚且不成一個國，七八百萬人更何足道？我從前說的一個原則，所謂「我住在這地方，就要管這地方的事。為什麼呢？因為和我有利害關係。」我們中國人就向來沒有認得這個原則，倘使認得，我們不知建了多少國了。我從前又說的，「我們能夠建設北京市會豐臺村會，才能建設中華民國。」我如今再說句，我們能夠建設廣州、汕頭、廈門市會，自然能建設南洋新國，如其不然，什麼話都是白說。好在我國民也漸漸自覺了，我敢信我們中華民國，不久定要建設起來。至於南洋新國，也是民族自決的一條正路，海外僑民，文化較稚，還須內地人助他開發。從前也有過些人設法勸導華僑贊助國內運動，這個固然是好。但國內的事，還應該國內人多負些義務，華僑卻有他自己應做的事。什麼事呢？還是那句老話，「我住在這地方，就要管這地方的事，因為和我有利害關係。」我想我們青年，若是哪位有興致，去傳播這種思想，拿來做終身事業，倒是男兒報國一件大事哩。

好幾年沒有航海，這次遠遊，在舟中日日和那無限的空際相對，幾片白雲，自由舒卷，找不出他的來由和去處。晚上滿天的星，在極靜的境界裡頭，兀自不歇的閃動。天風海濤，奏那微妙的音樂，侑我清睡。日子很易過，不知不覺到了哥侖波了。哥侖波在楞伽島，這島上人叫他做錫蘭。我佛世尊，曾經三度來這島度人，第三次就在島中最高峰頂上，說了一部《楞伽》大經。相傳有許多眾生，天咧，人咧，神咧，鬼咧，龍咧，夜叉咧，阿乾闥咧，阿修羅咧，都跟著各位菩薩阿羅漢在那裡圍繞敬聽。大慧菩薩問了一百零八句偈，世尊句句都把一個非字答了，然後闡發識流性海的真理。後來這部經入中國，便成了禪宗寶典。我們上岸遊山，一眼望見對面一個峰，好像四方城子，土人都是四更天拿著火把爬上去禮拜，那就是世尊說經處了。山裡頭有一所名勝，叫做坎第，我們雇輛汽車出遊。一路上椰子檳榔，漫山遍谷，那葉子就像無數的綠鳳，迎風振翼。還有許多大樹，都是蟠著龍蛇偃蹇❸的怪藤，上面有些瑣碎的高花，紅如猩血。經過好幾處的千尋大壑，樹都滿了，望下去就像汪洋無際的綠海。沿路常常碰著些大象，像位年高德劭的老先生規行矩步的從樹林裡大搖大擺出來。我們渴了，看見路旁小瀑布，就去舀水吃，卻有幾位黝澤可鑑的美人，捧著椰子，當場剖開，翠袖殷勤，勸我們飲椰乳。劉子楷新學會照相，不由分說，把我們和這張黑女碑照在一個鏡子裡了，他自己卻逍遙法外。走了差不多四點鐘，到坎第了。原來這裡拔海已經三千尺，在萬山環繞之中，瀦出一個大湖。湖邊有個從前錫蘭土酋的故宮，宮外便是臥佛寺。黃公度有名的〈錫蘭島臥佛〉詩，詠的就是這處。從前我們在日本遊過箱根日光的湖，後來在瑞士，遊過勒蒙四林城的湖。日本的太素，瑞士的太麗，說到湖景之美，我還是推坎第。他還有別的緣故，助長起我們美感。第一件，他是熱帶裡頭的清涼世界，我們在山下，揮汗如雨，一到湖畔，忽然變了春秋佳日。第二件，那古貌古心的荒殿叢祠，喚起我們意識上一種神祕作用，像是到了靈境了。我們就在湖畔宿了一宵，那天正是舊曆臘月十四，差一兩分未圓的月浸在湖心，天上水底兩面鏡子對照，越顯出中邊瑩澈。我們費了兩點多鐘，聯步繞湖一匝。蔣百里說道：今晚的境界，是永遠不能忘記的。我想真是哩！我後來到歐洲，也看了許多好風景，只是腦裡的影子，已漸漸模糊起來，坎第卻是時時刻刻整個活現哩。中間有一個笑話，我們步月，張君勱碰著一個土人，就和他攀談，談什麼呢，他問那人你們為什麼不革命，鬧得那人瞠目不知所對。諸君評一評，在這種瀟灑出塵的境界，腦子還是裝滿了政治問題，天下有這種殺風景的人嗎？閒話休提，那晚上三更，大眾歸寢，我便獨自一個，倚闌對月，坐到通宵，把那記得的《楞伽經》默誦幾段。心境的瑩澄開曠，真是得未曾有。天亮了，白雲蓋滿一湖。太陽出來，那雲變了一條組練，界破山色。真個是「只好自怡悅，不堪持贈君」哩。程期煎迫，匆匆出山，上得船來，離拔錨只得五分鐘了。

我們在船上，好像學生旅行，通英文的學法文，通法文的學英文。每朝八點鐘，各人抱一本書在船面高聲朗誦，到十二點止，彼此交換著當教習。別的功課，照例是散三躺步，睡一躺午覺，打三兩躺球，我和百里，還每日下三盤棋。餘外的日子，都是各人自由行動了。我就趁空做幾篇文章，預備翻譯出來，在巴黎鼓吹輿論。有三兩篇替中國瞎吹，看起來有點肉麻，連稿也沒有存了。內中一篇，題目叫做〈世界和平與中國〉，算是表示我們國民對於平和會議的希望，後來譯印英法文，散布了好幾千本。

冬春之交，印度洋風色最好，我們走了二十多日，真是江船一樣。聽說紅海熱得了不得，我們都有戒心。到紅海了。走了三日，還和印度差不多。有一天清早，楊鼎甫看日出回來說：「好冷呀！」我們就得了一句妙語，說是「紅海號寒」。又一天我們晚上看日落，算是生平未見的奇景，那雲想是從沙漠裡倒蒸上來，紅得詭怪，我著實沒有法子把他形容出來。那形態異常複雜，而且變化得極快，韓昌黎〈南山〉〈陸渾山〉兩首詩所描擬的奇特事象，按起來件件都有，卻還寫不到百分之一。倒影照到海裡來，就像幾千萬尾赬色❹鯉魚，在那裡鱗鱗游泳，我直到那日，才曉得紅海所以得名，海真算整個是紅了。

我們到蘇彝士了，算是頭一回看見戰場。原來一九一七年，土耳其要襲取運河，逼到邊界，離此地僅七十英里。後來英軍把他擊退了。運河兩旁，密布著層層鐵網，岸上一堆一堆的帳棚，戍兵還未撤呢。我們過河，那邊一艘英國運兵船下來，兩船上的人，彼此歡呼萬歲，那一陣聲音真似山崩地裂。聽說停戰通航蘇彝士的船，我們才算第二號哩。

第二日便到坡賽，我們半個月未踏陸地了。上岸散步，分外神旺。看見些阿剌伯女人個個戴著條一尺多長的黑面巾，連頭帶面蓋著，只露出一雙眼睛，想著他們不知到幾時才有解放的自覺哩。市上法人頗多，商店招牌，多用法文。這地方政治勢力，雖然屬英，經濟勢力，法人卻還不弱。我們到海濱一家旅館午飯，隨即往觀利涉銅像。眼望地中海，左手挾一張運河圖，右手指著紅海，神采奕奕動人。據史家說，這運河當埃及王朝，曾經掘過，後來淤塞了。直到四千年後，才出這位利涉。據此說來，科學到底有多少進步，卻成疑問了。

船到地中海，沒有那麼舒服了。有一兩天，那船竟像劣馬，蹌踉跳擲起來。天氣也漸冷了，子楷躲在艙裡，好像冬蟲入蟄。我們幾個人，一切功課，還是照常。同船有位波蘭人，也和子楷同病，他羨慕我們到了不得，便上了一個尊號，叫做「善航海的國民」，我們真受寵若驚了。

我們的船，直航英國，志那亞、拿波里、馬賽等處，都不經過。橫斷地中海西行，南歐風景，一點看不著。行了七日，過直布羅陀海峽。真是一夫當關，萬夫莫開，西班牙自從失了這個地方，他的海權，便和英國辦交代了。從上海到倫敦，走了一個半月，巡了半邊地球，看見的就只一個英國。唉！這天之驕子，從哪裡得來呀！

第三篇　倫敦初旅

戰後霧中之倫敦

二月十二日正午，船將攏岸，丁、徐二君已偕英使館各館員乘小輪來迎。我們相視而笑，算是合抱繞世界一周了。我們才登岸，戰後慘淡淒涼景況，已經觸目皆是。我們住的旅館，雖非頂闊，也還算上等。然而室中暖氣管是關閉了，每個房間給一斗多的碎煤，算是一日二十四點鐘的燃料。電力到處克減，一盞慘綠色的電燈，孤孤零零好像流螢自照。自來火的稀罕，就像金剛石，我們有煙癖的人，沒有鑽燧取火的本領，只好強迫戒掉了。我們在旅館客屋吃茶，看見隔座一位貴婦人從項圈下珍珍重重取出一個金盒子來，你猜裡頭什麼東西呢？哈哈！是一小方塊白糖，他連客也不讓，劈了一半，放在自家茶碗裡，那一半仍舊珍珍重重交給他的項圈。我想我們這幾年在本國，真算得紈袴子弟，不知稼穡艱難。自想自從貨幣生計發達以來，世人總以為只要有錢何求不得？到今日也知道錢的功用是有限度了。又想在物質文明享用極豐的歐洲，他們為國家存亡起見，萬眾一心，犧牲幸福，忍耐力之強，著實可敬。但經過此番之後，總應該覺得：平常舒服慣了，方便慣了，也算不得一回好事。在物質的組織之下，全社會像個大機器，一個輪子出了毛病，全副機器停擺，那苦痛真說不盡。只怕從今以後，崇拜物質文明的觀念，總有些變動罷。

黃公度的〈倫敦苦霧行〉，頭一句是「蒼天已死黃天立」。我們到歐洲破題兒第一天受了這個印象，是永遠不能忘記的。我們在馬車上望見那將近西沒的太陽，幾個人費了一番徹底的研究，才判定他是日是月。晚上我和子楷散步，遠遠見有一團朦朧紅氣，我猜是街燈，子楷猜是鐘樓，哪裡知道原來就是日間誤認的月光。日月燈三件事，鬧得一塌糊塗，這不是笑話嗎？我但覺受了極濕極重的空氣壓迫，兩顴骨緊張作疼，往街上散步多時，才稍好些。無怪英人拿戶外運動競技等事，當作人生日用必需，漸漸成為公共嗜好了。倫敦每年總有好幾個月是這樣，而且全國也和倫敦差不多，所以他們養成一種沉鬱嚴重的性格，堅忍奮鬥的習慣，英國人能夠有今日，只怕叨這霧的光不少哩。可見得民族盛強，並不是靠絕對豐順的天惠，環境有些苛酷，才真算玉汝於成哩。

威士敏士達寺

我們因旅館難覓，由徐、丁二君先往巴黎布置，我和同舟諸君，在倫敦勾留五日。趁這空暇，隨意觀光，頭一個要拜會的，自然是有名的「英國凌煙閣❺」威士敏士達寺（Westminster Abbey）。我們從托拉福加廣場，經白宮街維多利亞街，到泰姆河畔。眼前屹立一長方形古寺，雙塔高聳，和那峨特式建築❻的巴力門❼毗連並立，一種莊嚴樸茂氣象，令人起敬，這便是威士敏士達寺了。我們先大略研究這寺的歷史，他是從十一世紀愛華德懺悔王創建，十三世紀末，亨利第三大加改築，到今將近千年，累代皆有增修，那西塔的門樓，還是二十年前新造。最奇的是把各時代的款式，合治一爐，幾乎成了千年來建築術的博覽會。拿一個人作譬，好像戴著唐朝一頂進賢冠，披著宋朝一件緋袍，手拄著明朝一方笏，套上清朝團龍補褂，腳底下還踏著一雙洋皮靴子，你想這不是很滑稽很難看嗎？然而他卻沒有絲毫覺得不調和，依然保持十分莊嚴，十分趣味。我想這一個寺就可以算得英國國民性的「象徵」，他們無論政治上法律上宗教道德上風俗禮節上，都是一部分一部分的蛻變，幾百年前和幾百年後的東西，常常同時並存，卻不感覺有一些子矛盾。他們的保守性，有一點和我們一樣，他們的容納性調和性，怕很值得我們一學罷。這寺內最重要的一部分，一三七六年創始，一五二八年落成，約經一世紀半的長久日子。算起來，當繪圖的時候，隨種一株杉樹，還可以等他長成來充梁柱。他們卻勤勤懇懇依著原定的計劃，經一百多年，絲毫不亂，絲毫不懈，到底做到成功了。唉！茲事雖小，可以喻大。試問我們中國人，可曾有預備一百年後才造成的房子嗎？須知若是有一個人要造恁麼一間房子，這個人首先就要立定主意，自己不打算看見他成功，自己更不打算拿來享用。這個人一定是不安小就，圖個規模宏遠，明知道一生一世不能完成的事業，卻要立個理想的基礎傳給別人。有了這個人就行囉嗎？不然，不然。還要後起的人和他一樣的心事，一樣的魄力，才能把他的事業繼承下去，不致前功盡棄。我想歐洲文明從何而來，就是靠這一點；人類社會所以能夠進化，也只靠這一點。前人常常立些偉大的計劃替後人謀幸福，後人保持前人的遺產，更加擴充光大，人生的目的，人生的責任，就盡於是了。我遊威士敏士達最初起的就是這種感想，後來遍歷大陸，到處見的寺院，動輒都是幾百年工程，這感想便日印日深。回想我們中國人的過去，真是慚愧無地，懸想我們中國人的將來，更是惶恐無地了。

威士敏士達，是英國國教的教會堂，是國家和王室的大禮堂，歷代君主加冕大葬，都在此舉行，卻依然是全英國一般小百姓日日公共禮拜祈禱之所。就只一點，這寺又算得平民主義的象徵了。我們卻為什麼叫他做「英國的凌煙閣」呢？因為他又是個國葬之地，幾百年來名人墳墓都在寺中。原來這寺本王室諸陵所在，後來凡有功德於國家的人，都葬在裡頭，拿中國舊話講，算是陪葬某陵了。但他們陪葬的，不是拿王室的功臣做標準，是拿國家的人物做標準，所以政治家，學者，詩人，乃至名優，都在其列，入到寺中，自然令人肅然起敬，而且發出一種尚友古人的志氣。我們拿著一本《嚮導錄》要來按圖索驥了。入門西便，劈頭就是那廿四歲做大宰相的威廉比特遺像，張開手正在那裡演說。迎面一位長髮隆准[8]的老頭兒，哈哈！這就是我們讀近世史時最熟的老朋友格蘭斯頓呀！他和他的夫人，就在這底下作永久平和的安息。啊啊！這是奈端，上頭的墓誌銘用拉丁文，Isaci Newtoni，連他名字的拼音都改了。當時受文藝復興的影響，好古實在好得有趣。這是發明蒸汽的瓦特，這是生物學泰斗達爾文，這是非洲探險的立溫斯敦。這一帶是政治家，大半自由黨名士，這一帶是詩人小說家，可惜我們學問固陋，記不起許多名字了。哈哈！這是誰？是Sir哈拔忑黎，是個唱索士比亞名劇的戲子，因戲唱得好，國家賞他功勞，封他一個爵，大街上不是還有他的銅像嗎？這是大畫家尼爾拉，他是法國人呀！怎麼也葬在此？他是十七八世紀時對於英國美術界最有功的，威士敏士達的外國人，算他獨一無二了。這是羅拔比爾，這是哈布頓，這是拉沙爾，這是沙士勃雷，都是些大名鼎鼎的政治家，我實在應接不暇了。進到裡層，許多王陵比外面是壯麗些，但我們對於他卻沒甚趣味，草草走過罷。噯喲！這南廊北廊兩位女王，一位伊里查白，一位馬麗。他們姐兒倆，生冤家死對頭，一個要了一個的命，到了可也和解了，同在一個廟裡雙棲雙宿。還有查理第二，當他在這裡加冕的時候，大發雷霆，把那殺父之仇克林威爾寺內的墳掘了，後來克林威爾仍舊改葬遷回這寺，和他的陵也相去不遠。啊啊！這才真叫做冤親平等，一視同仁，可見這威士敏士達，並沒認得什麼個人，只認得一個英國哩。我們這一遊，整整遊了個下半天，真如太史公所謂「高山仰止，景行行止，想見其為人，低回留之，不能去焉」。我想我們外國人，一進此寺，尚且感動到這種田地，他們本國人該怎麼樣呢？威士敏士達，就是一種極嚴正的人格教育，就是一種極有活力的國民精神教育。教育是單靠學校嗎？咦！我國民聽呀！我國民聽呀！

下議院旁聽

原來巴力門是上下兩院的總名，兩院同在一座房子裡頭，自成院落，我們未到議場，先將全部規模看過大概。你看！這警察好奇怪呀！個個都像《紅樓夢》上的史湘雲，脖子上帶著朝珠一般的金鎖鏈，鏈上好漂亮的一個金麒麟。入門左手邊那像一個舊木廠的是什麼地方？是從前查理第一的餐房，臺階下那塊石，查理就站在上頭受死刑裁判。這算專制魔王頭一個的現世報。卻是直到如今各國當權的人，還要跟著他學，真是不可解哩！哦？好大的兩幅畫，畫的都是拿破侖戰爭時英國海陸軍的功績。那英、普兩位元帥在那裡握手，好親密呀。唉！國際上有什麼感情，只算得個小人之交，以勢利合罷。哦！這一帶廊好長！兩面架上庋的都是幾百年來的法律和議事錄。我想各國人都拿世界當個學校，在那裡上「政治功課」，這位姓英的老哥，頭一個試驗及第，這些都是他畢業成績，我們揣摩揣摩啊。怎麼這裡有個飯館？許多議員在那裡吃茶，聽說還常常請客。哈哈！英國人的政治趣味，就和他愛打球一樣，這巴力門也算得一個團體競技俱樂部哩。啊啊！這後面就是泰姆河。好鬧曠呀！不知那些議員老爺們，可有幾個人領略得來。噯喲！時候不早了。那邊開會好一會了。我們進去罷。

好一個森鬱的議場。牆壁用無數三角碎片的橡木砌成，年代久了，現出一種暗淡深黝的色澤。四周並沒有大的窗戶，只靠屋頂透光。一個平面的屋頂，滿蓋五彩玻璃，式樣也是三角，顏色以淡黃為主，深藍深紅相間錯，當這氣凝霧重之時，越顯得陰沉沉地。好像飽經世故的人，一點才華不顯出來，內裡卻含著一片淋漓元氣，外貌的幽鬱，全屬動心忍性的一種表象。西人常說：美術是國民性的反射。我從前領略不出來，到了歐洲，方才隨處觸悟，這威士敏士達和巴力門兩片建築，不是整個英國人活現出來嗎？各國會議場，什有九是圓的，巴力門卻是個長方形。中間一個議長席，左右兩邊，便是一排一排的長椅子。他不像我們參眾兩院有什麼國務員席政府委員席，因為他們非議員不能入閣，國務員都是以議員資格列席，當然無所謂國務員席了。國務員坐在議長右手邊第一排椅子，政府黨員一排一排的坐在後面，在野黨首領坐在左手邊第一排椅子，黨員也一排一排的坐在後面。連演說臺也沒有，無論恁麼長的話，都是從本座站起來便講。各座位前沒有桌子，紙筆墨不用說是沒有了。議長是尊嚴得很。他的座是像神龕一樣，巍巍在上，罩著一個圓蓋，兩邊還垂些幡穗。議長坐在裡頭，活像塑成的一尊神道。議長席下面有一張長桌，桌上擺著一根金光燦爛的杖笏，這是表示議長威權的一種儀仗，議長參列什麼正式典禮，一定有人拿著這笏做前導。據說克林威爾拿軍隊解散國會時，曾把這笏丟到街外，說道：「這是什麼東西拿來嚇誰？」哈哈！克林威爾如今安在，這笏倒是與天同壽咧。桌子靠外盡頭，兩邊各擺一個漆匣子，我沒有研究他是革製是木製，更不知裡頭裝著什麼寶貝，但他恰好放在兩黨首領座位的面前。那些黨魁演說，初時總是撫摩著他，講到起勁，便把他奮拳痛毆起來，所以英國閨秀有句美談，說是「但願嫁得個痛毆巴力門漆匣的可人夫婿」。以上所說議場規模，都是我當時很受感動的一種印象，所以不嫌瑣碎，把他詳敘。如今要說到會議情形了。本日是開會後第一次議事，討論的是「奉答詔書上奏文」。（各君主國國會行開會禮之日，照例有一篇詔書，這詔書便是政府一種抽象的施政方針。國會第一次會議，議的總是上奏文，在野黨對於上奏文的主張，總含有彈劾政府的意味。）首相勞特佐治，本在巴黎和會，前日乘飛機趕回來出席。我們初入議場時，看見右邊第一排椅子坐著樞密院長般拿羅(Bonar Law)，財政總長張伯倫(Chamberlin)，還有兩三位國務員，隨後勞特佐治也到了，就正對著那漆匣子坐。那左邊漆匣子後面，坐著勞工黨首領亞丹遜(Adamson)。他是恁麼樣一個人呢？他從十七歲到二十四歲在煤礦裡做苦工，是一位貨真價實正途出身的勞工黨，他要把從前掘煤的拳力毆起匣子來了。我想從今以後閨秀擇婿，不該專向上流搢紳求人才，連礦丁車夫，怕也要一費法眼哩。諸君莫當是笑話，這是英國憲政史上一件大事，英國將來或者免得掉過激的社會革命，就是靠這種精神了。我們初進場時，亞丹遜正站著演說，跟著又是妥瑪演說。他是鐵路工團總書記，去年曾當過閣員。兩人所說的大意，都是說前日詔書，關於勞工政策，未見有切實表示，因力說戰後勞工困苦情形，主張上奏文中，要特別注重這點。這算是向政府放了第一枝箭了，兩人說的都是情詞激越，亹亹❾動人。對面勞特佐治把兩條腿蹺在桌子上，（諸君莫誤會，說他無禮，這是巴力門裡一種時髦態度。）和他的同僚都側著耳朵凝神靜聽，還時時拿鉛筆把他們的演說要點，記在一片小紙上，好預備答駁。我聽了雙方辯論兩點多鐘，真是感服到五體投地。他們討論國家大計，像似家人婦子圍在一張桌子上聚談家務，真率是真率到十分，肫誠是肫誠到十分。自己的主張，雖是絲毫不肯放讓，對於敵黨意見，卻是誠心誠意的尊重他。我想一個國民，若是未經養成這種精神，講什麼立憲共和，豈非南轅北轍！這幾年來，國民對於議員，很有點不滿意。在議員自身，固然是要猛醒，但根本責任，仍在國民。議員不是國民一分子嗎？有這種國民，自然有這種議員，撵一位去，換一位來，暮四朝三，還是一樣。不責備自己，單責備議員，根本就是錯謬。我勸我國民快些自覺罷，從這裡下一番苦工啊。不然，我們要應那組織國家的試驗，便換了一百個題目，也是要落第哩。空論少發，言歸本題。這回討論，不用問自然知道是在野黨失敗，因為右邊坐著黑壓壓的一大堆，左邊疏疏落落像幾點晨星，形勢太過懸絕了。但是他們的少數黨，明知他的主張決無通過之望，依然是接二連三把他提出，還演說得淋漓盡致。（那多數黨明知自己一定得勝，卻從沒有恃強壓制，令敵黨不能盡言，總要彼此痛痛快快辯論一番，才給他一個否決。）就中國人眼光看來，他們真算是呆子。分明沒有結果的提案，翻來覆去的說他，豈非都是廢話！哪裡知道英國憲政所以日進無疆，都是為此。還記得當十九世紀初年，急進黨只有一名議員在議會，他就把那普通選舉法案提出，當然是立刻否決了，明年又一字不易的提出，年年否決，年年提出，如是者一連七年。像吾們絕頂聰明的中國人，斷不會做這種笨事。你說他笨嗎？今日何如？普通選舉，不是成了全世界的天經地義嗎？他們一種主張，絕不希望立刻成功，只是要將他成了一個問題，喚起國民注意，慢慢的造成輿論，乃知孔子的「知其不可而為之」，墨子的「雖天下不取強聒而不舍」，真是有道理。笨的英國人所以能成功，聰明的中國人所以沒出息，所爭就在這一點哩。

巴力門逸話

巴力門許多瑣碎的習慣，就外國人眼光看來，覺得不可解，其實處處都可以看得出英國人的特別性格。他那議長戴著斑白的假頭髮，披著純黑的大袈裟，那祕書服裝也是一樣，像戲臺上扮的什麼腳色。議長的名號，不叫做「伯里璽天德」(President)，不叫做「赤亞們」(Chairman)，卻叫做「士璧架」(Speaker)，翻譯起來，說是「說話人」的意味。因為從前國王向議會要錢，總是找他說話，得了這個名，至今不改。最奇怪的，下院議員七百零七名，議席卻只有五百九十六號，若是全體都出席，便有一百一十一人沒有坐處。這種不合情理的過節，改正他並非甚難，英國人卻不管，還是那老樣子。我中、英兩國，向來都以保守著名，但我們中國人所保守的，和英國正相反。中國人最喜歡換招牌，抄幾條憲法，便算立憲，改一個年號，便算共和，至於政治社會的內容，連骨帶肉，都是前清那個舊軀殼。英國人內部是不斷的新陳代謝，實際上時時刻刻在那裡革命，卻是那古香古色的老招牌，抵死也不肯換，時髦算時髦極了，頑固也頑固極了。巴力門裡頭，最神聖的是「阿達」(Order)這個字，(原意訓秩序，此處含義稍廣，泛指規則。）議員言動，有些子違犯規則，「阿達」「阿達」的聲浪，便四座怒鳴。若從議長口中說出「阿達」這個字來，無論議場若何喧譁，立刻就變肅靜。他們的「阿達」，卻從沒有第幾條第幾項的寫在紙上。

問他有多少「阿達」，「阿達」的來歷如何？沒有人能彀回答。試舉他幾個例：從前有位新到院的議員，初次演說，開口就說了一聲「諸君」，便到處叫起「阿達」來了。因為他們的「阿達」，凡有演說，都是對議長說話，不是對議員說話，所以頭一句只能說「士壁架」，不能說「諸君」。因此之故，若是有人正在演說時，你若向他前面走過，便犯了「阿達」，因為把他聲浪隔斷，怕「士壁架先生」聽不真了。「阿達」中最不可思議的，是他們的絲織高頭帽，他們穿什麼衣服，是絕對自由，惟有這頂高頭帽，非戴不可。為這頂帽子，那老政治家格蘭斯頓，就鬧了兩回笑話。原來他們的「阿達」，每到議案採決時，先行搖鈴，隔兩分鐘搖一次，三次後議員都要齊集廊下分立左右以定可否。格翁正在洗澡，（院內有浴室）鈴響起來，換衣服，萬趕不及，只得身披浴衣，頭戴高帽，飛奔出來，惹得哄堂大笑。他們的「阿達」，尋常演說是光著頭的，惟有當採決鈴聲已響，臨時提出動議，那提出人必要戴高帽演說。有一回格翁又鬧亂子了，他提出這種動議卻忘記戴帽，忽然前後左右都叫起「阿達」來，他找他的帽子又找不著，急忙忙把旁座的戴上。格翁是個有名的大腦袋，那高帽便像大冬瓜上頭放著個漱口盂，又是一場哄堂大笑。還有好笑的，那戲裝打扮的議長，這高頭帽也要預備。要來什麼用呢？原來巴力門採決的法定人數要四十名，剛缺一名不足時，議長就來湊數。六分鐘搖鈴三次，每次鈴響後，議長點數目。一，二，三，點到第四十，他就把高帽戴在假頭髮上，高呼「四十」，你想這種情形，不是真有點像唱戲嗎？他們又有一個「阿達」，每次散會，總是議員動議，議長宣告。有一天議員個個都忘了動議，竟自鳥獸散了，弄得議長一個人在那神龕裡（議長席）坐到三更。幸虧一個院內守夜的走過，問起來由，才到處找得一位議員進來，正式動議，議長然後正式宣告散會，你說好笑不好笑呢？咦！諸君莫笑，這種瑣瑣碎碎的情節，就是英國人法治精神的好標本，「英國國旗永遠看不見日落」，都是從這「阿達神聖」的觀念贏得來哩。我方才說，英國人愛政治活動就像愛打球，同是一種團體競技的頑意兒。須知他們打球也是最講規則的，不尊重規則，就再沒有人肯和你頑了。就算中國人打牌，也有他種種規則，若打輸了就推翻桌子，還成話嗎？我們辦了幾年共和政治，演的都是翻桌子把戲，這卻從何說起。他們不制定一種法律便罷，一經制定，便神聖不可侵犯，並經一定程序改廢之後，是有絕對效力，無論何人都要服從。所以他們對於立法事業，絲毫不肯放過，人民有了立法權，就算有了自由，都是為此。若是法律定了不算帳，白紙上灑些黑墨來哄人，方便自己的要他，不方便的就隨時抹殺，那麼何必要這些法律？就有了立法權又中何用呢？講到這一點，那些半野蠻未開化的軍閥不足責了，就是我們高談憲政的一派人，也不能不分擔責任。因為他們蔑法的舉動，我們雖然不是共犯，但一時為意氣所蔽，竟有點不以為非了。就只一點，便是對國民負了莫大罪惡。我如今覺悟過來了，所以要趁個機會，向國民痛徹懺悔一番。並要勸我們朋友輩，從此洗心革面，自己先要把法治精神培養好了，才配談政治哩。一面還要奉勸那高談護法的一派人，也注意這種精神修養。若是拿護法做個招牌，骨子裡面還是方便自己的法律就要他，不方便的隨時抹殺，那罪惡豈不是越發深重嗎？總之我自從這回到了歐洲，才覺得中國人法律神聖的觀念，連根芽都還沒有。既沒有這種觀念，自然沒有組織能力，豈但政治一塌糊塗，即社會事業，亦何從辦起。唉！我國民快點自覺啊！快點自懺啊！

注釋

❶寢兵　停戰。

❷橛　量詞。計算小段木頭的單位。

❸偃蹇　屈曲。

❹赬色　赤色。赬，音ㄔㄥ。

❺凌煙閣　古代帝王為表彰功臣所建的高閣，閣中繪有功臣像。如唐太宗貞觀十七年、代宗廣德元年都曾於長安凌煙閣繪功臣像。

❻峨特式建築　即哥德式建築。一種具有尖聳高塔、尖頂拱門等結構特色的建築。盛行於十二世紀中期到十六世紀初期。

❼巴力門　英語 parliament 的音譯。指議會、國會。

❽隆准　高鼻子。

❾亹亹　亹，音ㄨㄟˇ ㄨㄟˇ。言辭動聽、吸引人的樣子。

賞析

一九一八年十一月歐戰（第一次世界大戰）結束，經過了一番活動，十二月，作者得以個人名義前赴歐洲參加巴黎和會，從大總統徐世昌處領了六萬元公款，朋友又餽贈他四萬元，與蔣方震（百里）、劉崇傑、張君勱、楊維新、徐新六、丁文江六人赴歐考察。《歐遊心影錄》就是此行的紀錄。全書當初就以節錄為名出版，約十萬字。本文始作於一九一九年，一九二〇年刊出，後來收入《飲冰室專集》二十三冊（題為民國七年——其實是出發的時間，不是寫作或發表的時間。）全文皆用當時日漸通行的語體文寫成，文體流暢，敘事生動。

本書分為好幾部分，第一部分為〈歐遊中之一般觀察及一般感想〉，又分上下篇，上篇〈大戰前後之歐洲〉，含十一篇短文：〈楔子〉、〈人類歷史的轉捩〉、〈國際上隱憂〉、〈各國生計及財政破產〉、〈社會革命暗潮〉、〈學說影響一斑〉、〈科學萬能之夢〉、〈文學的反射〉、〈思想之矛盾與悲觀〉、〈新文明再造之前途〉、〈物質的再造及歐局現勢〉，下篇〈中國人之自覺〉，含十三篇短文：〈世界主義的國家〉、〈中國不亡〉、〈階級政治與全民政治〉、〈著急不得〉、〈盡性主義〉、〈思想解放〉、〈徹底〉、〈組織能力及法治精神〉、〈憲法上兩要點〉、〈自治〉、〈社會主義商榷〉、〈國民運動〉、〈中國人對於世界文明之大責任〉。

其他各部分為〈歐行途中〉（含〈北京上海〉、〈南洋所感〉、〈舟中雜詠〉三篇）、〈倫敦初旅〉（含〈戰後霧中之倫敦〉、〈威士敏士達寺〉、〈一九一九年英國總選舉前政界情形〉、〈總選舉後之新國會〉、〈下議院旁聽〉、〈巴力門逸話〉六篇）、〈巴黎和會鳥瞰〉（含〈和會主體國及其他新造國〉、〈巴黎會議的種類〉、〈和會中重要人物〉、

〈和會議題〉、〈和會瑣記〉五篇）、〈西歐戰場形勢及戰局概觀〉（含〈題綱〉、〈開戰及馬侖之役〉、〈凡爾登之役及其後〉、〈最後之決勝〉、〈德國失敗之原因〉、附錄〈德國敗戰之諸因〉六篇）、〈戰地及亞洛二州紀行〉（含〈首途〉、〈凡爾登〉、〈亞爾莎士洛林兩州〉、〈萊因河右岸聯軍駐防地〉四篇）、〈國際聯盟評論〉（含〈導言〉、〈聯盟規約成立之經過〉、〈聯盟規約要點略評〉三篇）、〈國際勞工規約評論〉（含〈國際勞工規約之來歷〉、〈勞工規約要點略評〉兩篇）。

他自述出遊目的：「第一件是想自己求一點學問，而且看看這空前絕後的歷史劇怎樣收場，拓一拓眼界。第二件也因為在做正義人道的外交夢，以為這次和會，真是要把全世界不合理的國際關係根本改造，立個永久和平的基礎；想拿私人的資格將我們的冤苦，向世界輿論申訴申訴，也算盡一二分國民責任。」（〈北京上海〉）去了之後是徹底失望：「到執筆著這部書時，夢卻醒了。擦擦眼睛一看，他們真幹得好事。拿部歷史一比，恰好和一百年前的維也納會議遙遙相對，後先輝映。維也納會議由幾個大國鬼鬼祟祟的將萬事決定，把許多小國犧牲了，供他們利益交換；這回還不是照樣嗎？」（〈和會瑣記〉）

〈楔子〉一篇有如生活小品，在作者一生中，很少有這種閒情逸致。他入世甚早，年少就得大名，每天有見不完的客，時常熬夜撰文，趕在所辦的報紙上發表，很不容易有此清絕的生活環境，不受干擾，讀書撰文。

〈社會革命暗潮〉和〈學說影響一斑〉兩篇，敘述歐戰前社會及思想情況，說明大戰爆發的背景；就社會思潮而論，大戰前的歐洲，已經走到了社會無可避免有大變動的地步。作者多年前讀嚴復翻譯的《天演論》，就很受達爾文「物競天擇」說的影響（當時很多知識分子皆如是，胡適自己改名為「適」，就是取「適者生存」之意）。〈科學萬能之夢〉論述近世科學的突飛猛進，使歐洲人得一錯覺，誤信科學萬能，毀棄宗教、舊哲學，在精神上失去了安身立命的所在；物質生活最終反而帶來災難。〈思想之矛盾與悲觀〉則敘述戰後人心沮喪，西人面對各種思想衝突，精神沒有出路，覺得物質文明是社會亂源，反而企望中國文明能為他們帶來出路。

〈中國人之自覺〉的〈階級政治與全民政治〉，作者由歐戰而反省他親身經歷的中國近二十年的政治，認為改良派（梁啓超就是代表人物）和革命派都錯誤地想利用舊勢力達到目的，不知道改造國家不是單靠幾個人，如果國民思想沒有革新，根本也談不上改革或革命；要從全體國民下功夫，才是全民政治。這想法後來付諸實踐，就是他退出實際政治活動，致力教育事業。〈思想解放〉和〈徹底〉主張徹底解放舊思想的束縛，對新思想也不要設限，完全攤開接受大家的檢驗討論；而個人面對新學說，更要慎思明辨，虛心研究，放膽批評，不能輕信盲從。〈組織能力及法治精神〉批判國人缺乏這兩方面的素養，所以國家不能進步；尤其是法治精神，是提升國民素質的當務之急。〈社會主義商榷〉申述中國根本還沒有西方工業國家的資本家和階級對立，不能東施效顰學步社會主義階級鬥爭那一套。作者直到晚年，都不贊成聯俄容共。〈中國人對於世界文明之大責任〉借西哲肯定中國精神遺產，對中國文明能夠貢獻世界的期待，呼籲國人重拾對自己文化的自信，既不要故步自封，也不要一味盲從西化，而要融會綜合其所長，承擔對世界文明的重任。

〈歐行途中〉的〈南洋所感〉，作者察覺南洋華僑雖然心繫祖國，常大力支持國內革命等各種事業，但對於僑居國的政治卻不聞不問，因而人數雖然龐大，謀生雖然成功，卻不像美國人能把國家建設得這麼好；而建國的美國人和華僑相似，當初都是在本國謀生不易，才來到美國的；所以他主張華僑一定要關心所居地的公眾事務，把所居國建設好。國人也一定要關心自己所居住的地方，由小至大，才能建設好一國。這一篇最令人難忘之處，是作者描寫在錫蘭山中湖畔靜夜賞月，徹夜不寐，心地澄澈的境界。

〈倫敦初旅〉的〈戰後霧中之倫敦〉，寫到戰後百廢待舉，物資缺乏的情形，以小見大，相當深刻。作者初不習慣大霧瀰漫的倫敦，而聯想英國人沉鬱堅忍的性格，應該和天氣很有關係。〈威士敏士達寺〉敘述遊西敏寺的經過，他有感於這大教堂的主體經一百五十年才落成，感嘆中國人常急於求功求成，罕有這種宏遠的規模。而大教堂歷經千年不斷的增修，卻能調和一體，不覺扞格；因而聯想英國人無論政治法律宗教道德風俗禮節，都是一部分一部分蛻變，卻能容納調和，很值得國人一學。此外，本篇特別著墨於教堂墓地。作者面對眾多歷史上有功於國，有功於人類的偉人，高山仰止，景行行止；而感動之餘，復感慨這是最好的人格教育。〈下議院旁聽〉、〈巴力門逸話〉兩篇寫國會的見聞。作者清末大力鼓吹君主立憲，就是以英國為榜樣，如今能親履其境，充滿著好奇和興奮；對於英國人成熟的民主素養，敬羨之情，溢於言表，一再呼告國民反省學習。作者雖然接觸過英文、拉丁文、法文、德文等幾種西文，恐怕都還不能運用；不過隨行的六人，各有所長，亦多有留學歐美的經驗，能夠當他的翻譯。

清代學術概論（節錄）

第二十三節

今文學運動之中心，曰南海康有為，然有為蓋斯學之集成者，非其創作者也。有為早年，酷好《周禮》，嘗貫穴之著《政學通議》，後見廖平所著書，乃盡棄其舊說。廖平者，王闓運弟子；闓運以治《公羊》聞於時，然故文人耳，經學所造甚淺；其所著《公羊箋》，尚不逮孔廣森，平受其學，著《四益館經學叢書》十數種，頗知守今文家法；晚年受張之洞賄逼，復著書自駁，其人固不足道，然有為之思想，受其影響，不可誣也。有為最初所著書曰《新學偽經考》，「偽經」者，謂《周禮》《逸禮》《左傳》及《詩》之《毛傳》，凡西漢末劉歆所力爭立博士者；「新學」者，謂新莽之學；時清儒誦法許鄭❶者，自號曰「漢學」，有為以為此新代之學，非漢代之學，故更其名焉。《新學偽經考》之要點：一：西漢經學，並無所謂古文者，凡古文皆劉歆偽作；二：秦焚書，並未厄及六經，漢十四博士所傳，皆孔門足本，並無殘缺；三：孔子時所用字，即秦漢間篆書，即以「文」論，亦絕無今古之目；四：劉歆欲彌縫其作偽之跡，故校中祕書時，於一切古書多所羼❷亂；五：劉歆所以作偽經之故，因欲佐莽篡漢，先謀湮亂孔子之微言大義。諸所主張，是否悉當，且勿論，要之此說一出，而所生影響有二：第一：清學正統派之立腳點，根本搖動；第二：一切古書，皆須從新檢查估價；此實思想界之一大颶風也。有為弟子有陳千秋梁啓超者，並夙治考證學，陳尤精洽，聞有為說，則盡棄其學而學焉；《偽經考》之著，二人者多所參與，亦時時病其師之武斷，然卒莫能奪也。實則此書大體皆精當，其可議處乃在小節目，乃至謂《史記》《楚辭》經劉歆羼入者數十條，出土之鐘鼎彝器❸，皆劉歆私鑄埋藏以欺後世；此實為事理之萬不可通者；而有為必力持之。實則其主張之要點，並不必借重於此等枝詞強辯而始成立；而有為以好博好異之故，往往不惜抹殺證據或曲解證據，以犯科學家之大忌，此其所短也。有為之為人也，萬事純任主觀，自信力極強，而持之極毅；其對於客觀的事實，或竟蔑視，或必欲強之以從我，其在事業上也有然，其在學問上也亦有然；其所以自成家數崛起一時者以此，其所以不能立健實之基礎者亦以此；讀《新學偽經考》而可見也。《新學偽經考》出甫一年，遭清廷之忌，燬其板，傳習頗稀。其後有崔適者，著《史記探原》《春秋復始》二書，皆引申有為之說，益加精密，今文派之後勁也。

有為第二部著述，曰《孔子改制考》，其第三部著述，曰《大同書》；若以《新學偽經考》比颶風，則此二書者，其火山大噴火也，其大地震也。有為之治《公羊》也，不斷斷❹於其書法義例之小節，專求其微言大義，即何休所謂非常異義可怪之論者，定《春秋》為孔子改制創作之書；謂文字不過其符號，如電報之密碼，如樂譜之音符，非口授不能明。又不惟《春秋》而已；凡六經皆孔子所作；昔人言孔子刪述者誤也，孔子蓋自立一宗旨而憑之以進退古人去取古籍。孔子改制，恆託於古；堯舜者，孔子所託也；其人有無不可知，即有，亦至尋常，經典中堯舜之盛德大業，皆孔子理想上所構成也。又不惟孔子而已；周秦諸子罔不改制，罔不託古；老子之託黃帝，墨子之託大禹，許行之託神農，是也。近人祖述何休以治《公羊》者，若劉逢祿龔自珍陳立輩，皆言改制，而有為之說，實與彼異；有為所謂改制者，則一種政治革命社會改造的意味也。故喜言「通三統」；「三統」者，謂夏商周三代不同，當隨時因革也；喜言「張三世」；「三世」者，謂據亂世升平世太平世，愈改而愈進也；有為政治上「變法維新」之主張，實本於此。有為謂孔子之改制，上掩百世，下掩百世，故尊之為教主，誤認歐洲之尊景教為治強之本，故恆欲儕孔子於基督，乃雜引讖緯之言以實之；於是有為心目中之孔子，又帶有「神祕性」矣。《孔子改制考》之內容，大略如此；其所及於思想界之影響，可得言焉。

一：教人讀古書，不當求諸章句訓詁名物制度之末，當求其義理；所謂義理者，又非言心言性，乃在古人創法立制之精意。於是漢學宋學，皆所吐棄，為學界別闢一新殖民地。

二：語孔子之所以為大，在於建設新學派（創教），鼓舞人創作精神。

三：《偽經考》既以諸經中一大部分為劉歆所偽造，《改制考》復以真經之全部分為孔子託古之作，則數千年來共認為神聖不可侵犯之經典，根本發生疑問，引起學者懷疑批評的態度。

四：雖極力推挹孔子；然既謂孔子之創學派與諸子之創學派，同一動機，同一目的，同一手段；則已夷孔子於諸子之列。所謂「別黑白定一尊」之觀念，全然解放，導人以比較的研究。

第二十四節

右兩書皆有為整理舊學之作，其自身所創作，則《大同書》也。初，有為既從學於朱次琦畢業，退而獨居西樵山者兩年，專為深沉之思，窮極天人之故，欲自創一學派，而歸於經世之用。有為以《春秋》「三世」之義說〈禮運〉，謂「升平世」為「小康」，「太平世」為「大同」。〈禮運〉之言曰：「大道之行也，天下為公，選賢與能，講信修睦，故人不獨親其親，不獨子其子，使老有所歸，壯有所用，幼有所長，鰥寡孤獨廢疾者皆有所養，男有分，女有歸，貨惡其棄於地也，不必藏諸己，力惡其不出於身也，不必為己，……是謂大同。」此一段者，以今語釋之，則民治主義存焉（天下……與能），國際聯合主義存焉（講信修睦），兒童公育主義存焉（故人不……其子），老病保險主義存焉（使老有……有所養），共產主義存焉（貨惡……藏諸己），勞作神聖主義存焉（力惡……為己）。有為謂此為孔子之理想的社會制度，謂《春秋》所謂「太平世」者即此；乃衍其條理為書，略如左。

一：無國家。全世界置一總政府，分若干區域。

二：總政府及區政府皆由民選。
三：無家族。男女同棲不得逾一年，屆期須易人。
四：婦女有身者入胎教院，兒童出胎者入育嬰院。
五：兒童按年入蒙養院，及各級學校。
六：成年後由政府指派分任農工等生產事業。
七：病則入養病院，老則入養老院。
八：胎教，育嬰，蒙養，養病，養老，諸院，為各區最高之設備，入者得最高之享樂。
九：成年男女，例須以若干年服役於此諸院，若今世之兵役然。
十：設公共宿舍公共食堂，有等差，各以其勞作所入自由享用。
十一：警惰為最嚴之刑罰。
十二：學術上有新發明者，及在胎教等五院有特別勞績者，得殊獎。
十三：死則火葬，火葬場比鄰為肥料工廠。

《大同書》之條理略如是。全書數十萬言，於人生苦樂之根原善惡之標準，言之極詳辯，然後說明其立法之理由。其最要關鍵，在毀滅家族。有為謂佛法出家，求脫苦也，不如使其無家可出；謂私有財產為爭亂之源，無家族則誰復樂有私產；若夫國家，則又隨家族而消滅者也。有為懸此鵠為人類進化之極軌，至其當由何道乃能致此，則未嘗言。其第一眼目所謂男女同棲當立期限者，是否適於人生，則亦未甚能自完其說。

雖然，有為著此書時，固一無依傍，一無勦襲；在三十年前而其理想與今世所謂世界主義社會主義者多合符契，而陳義之高且過之，嗚呼，真可謂豪傑之士也已。有為雖著此書，然祕不以示人，亦從不以此義教學者。謂今方為「據亂」之世，只能言小康，不能言大同；言則陷天下於洪水猛獸。其弟子最初得讀此書者，惟陳千秋梁啓超；讀則大樂，銳意欲宣傳其一部分；有為弗善也，而亦不能禁其所為；後此萬木草堂學徒多言大同矣。而有為始終謂當以小康義救今世，對於政治問題，對於社會道德問題，皆以維持舊狀為職志。自發明一種新理想，自認為至善至美，然不願其實現，且竭全力以抗之遏之；人類秉性之奇詭，度無以過是者。有為當中日戰役後，糾合青年學子數千人上書言時事，所謂「公車上書」者是也；中國之有「群眾的政治運動」實自此始。然有為既欲實行其小康主義的政治，不能無所求於人，終莫之能用，屢遭竄逐；而後輩多不喜其所為，相與詆訶之。

有為亦果於自信，而輕視後輩，益為頑舊之態以相角；今老矣，殆不復與世相聞問；遂使國中有一大思想家，而國人不蒙其澤，悲夫！啓超屢請印布其《大同書》，久不許，卒乃印諸《不忍》雜志中，僅三之一，雜志停版，竟不繼印。

第二十五節

對於「今文學派」為猛烈的宣傳運動者，則新會梁啓超也。啓超年十三，與其友陳千秋同學於學海堂；治戴段王之學，千秋所以輔益之者良厚。越三年，而康有為以布衣上書被放歸，舉國目為怪；千秋啓超好奇，相將謁之，一見大服，遂執業為弟子，共請康開館講學，則所謂萬木草堂是也。二人者學數月，則以其所聞昌言於學海堂，大詆訶❺舊學，與長老儕輩辯詰無虛日。有為不輕以所學授人，草堂常課，除《公羊傳》外，則點讀《資治通鑑》、《宋元學案》、《朱子語類》等，又時時習古禮，千秋啓超弗嗜也，則相與治周秦諸子及佛典，亦涉獵清儒經濟書及譯本西籍；皆就有為決疑滯。居一年，乃聞所謂「大同義」者，喜欲狂，銳意謀宣傳；有為謂非其時，然不能禁也。

又二年，而千秋卒（年二十二），啓超益獨力自任。啓超治《偽經考》，時復不慊於其師之武斷，後遂置不復道；其師好引緯書，以神祕性說孔子，啓超亦不謂然。啓超謂孔門之學，後衍為孟子、荀卿兩派，荀傳小康，孟傳大同。漢代經師，不問為今文家古文家，皆出荀卿（汪中說），二千年間，宗派屢變，壹皆盤旋荀學肘下；孟學絕而孔學亦衰。於是專以絀荀申孟為標幟，引《孟子》中誅責「民賊」「獨夫❻」、「善戰服上刑」、「授田制產」諸義，謂為大同精意所寄，日倡道之。又好《墨子》，誦說其「兼愛」、「非攻」諸論。啓超屢遊京師，漸交當世士大夫，而其講學最契之友，曰：夏曾佑、譚嗣同。曾佑方治龔、劉今文學，每發一義，輒相視莫逆；其後啓超亡命日本，曾佑贈以詩，中有句曰：「……冥冥蘭陵（荀卿）門，萬鬼頭如蟻，質多（魔鬼）舉隻手，陽烏為之死，袒裼往暴之，一擊類執豕，酒酣擲杯起，跌宕笑相視，頗謂宙合間，只此足歡喜，……」此可想見當時彼輩「排荀」運動，實有一種元氣淋漓景象。嗣同方治王夫之之學，喜談名理，談經濟，及交啓超，亦盛言大同，運動尤烈（詳次節）。而啓超之學，受夏、譚影響亦至鉅。

其後啓超等之運動，益帶政治的色彩，啓超創一旬刊雜誌於上海，曰《時務報》，自著《變法通議》，批評秕政❼，而救敝之法，歸於廢科舉興學校；亦時時發「民權論」，但微引其緒，未敢昌言。已而嗣同與黃遵憲、熊希齡等，設時務學堂於長沙：聘啓超主講席，唐才常等為助教。啓超至，以《公羊》《孟子》教，課以箚記；學生僅四十人，而李炳寰、林圭、蔡鍔稱高才生焉。啓超每日在講堂四小時，夜則批答諸生箚記，每條或至千言，往往徹夜不寐；所言皆當時一派之民權論，又多言清代故實，臚舉失政，盛倡革命；其論學術，則自荀卿以下漢、唐、宋、明、清學者，掊擊無完膚。時學生皆住舍，不與外通，堂內空氣日日激變，外間莫或知之，及年假，諸生歸省，出箚記示親友，全湘大譁。先是嗣同、才常等，設「南學會」聚講，又設《湘報》（日刊）《湘學報》（旬刊），所言雖不如學堂中激烈，實陰相策應；又竊印《明夷待訪錄》、《揚州十日記》等書，加以案語，祕密分布，傳播革命思想，信奉者日眾，於是湖南新舊派大鬨。葉德輝著《翼教叢編》數十萬言，將康有為所著書、啓超所批學生箚記，及《時務報》、《湘報》、《湘學報》諸論文，逐條痛斥；而張之洞亦著《勸學篇》，旨趣略同。戊戌政變前，某御史臚舉箚記批語數十條指斥清室鼓吹民權者具摺揭參，卒興大獄；嗣同死焉，啓超亡命，才常等被逐，學堂解散，蓋學術之爭，延為政爭矣。

啓超既亡居日本，其弟子李、林、蔡等棄家從之者十有一人；才常亦數數往來，共圖革命；積年餘，舉事於漢口，十一人者先後歸，從才常死者六人焉；啓超亦自美洲馳歸，及上海而事已敗。自是啓超復專以宣傳為業，為《新民叢報》《新小說》等諸雜志，暢其旨義，國人競喜讀之，清廷雖嚴禁，不能遏，每一冊出，內地翻刻本輒十數；二十年來學子之思想，頗蒙其影響。

啓超夙不喜桐城派古文；幼年為文，學晚漢、魏、晉，頗尚矜鍊；至是自解放，務為平易暢達，時雜以俚語韻語及外國語法，縱筆所至不檢束；學者競效之，號新民體；老輩則痛恨，詆為野狐，然其文條理明晰，筆鋒常帶情感，對於讀者，別有一種魔力焉。

第二十六節

啓超既日倡革命排滿共和之論，而其師康有為深不謂然，屢責備之，繼以婉勸，兩年間函札數萬言。啓超亦不慊於當時革命家之所為，懲羹而吹虀❽，持論稍變矣。然其保守性與進取性常交戰於胸中，隨感情而發，所執往往前後相矛盾；嘗自言曰：「不惜以今日之我，難昔日之我；」世多以此為詬病，而其言論之效力亦往往相消；

蓋生性之弱點然矣。

啓超自三十以後，已絕口不談「偽經」，亦不甚談「改制」；而其師康有為大倡設孔教會定國教祀天配孔諸議，國中附和不乏，啓超不謂然，屢起而駁之；……此諸論者，雖專為一問題而發；然啓超對於我國舊思想之總批判，及其所認為今後新思想發展應遵之塗徑，皆略見焉。中國思想之痼疾，確在「好依傍」與「名實混淆」。若援佛入儒也，若好造偽書也，皆原本於此等精神。以清儒論，顏元幾於墨矣，而必自謂出孔子；戴震全屬西洋思想，而必自謂出孔子；康有為之大同，空前創獲，而必自謂出孔子。及至孔子之改制，何為必託古，諸子何為皆託古，則亦依傍混淆也已。此病根不拔，則思想終無獨立自由之望；啓超蓋於此三致意焉。然持論既屢與其師不合，康、梁學派遂分。

啓超之在思想界，其破壞力確不小，而建設則未有聞。晚清思想界之粗率淺薄，啓超與有罪焉。啓超常稱佛說，謂：「未能自度，而先度人，是為菩薩發心；」故其生平著作極多，皆隨有所見，隨即發表。彼嘗言：「我讀到『性本善』，則教人以『人之初』而已，」殊不思「性相近」以下尚未讀通，恐並「人之初」一句亦不能解；以此教人，安見其不為誤人。啓超平素主張，謂：須將世界學說為無制限的盡量輸入，斯固然矣；然必所輸入者確為該思想之本來面目，又必具其條理本末，始能供國人切實研究之資；此其事非多數人專門分擔不能。啓超務廣而荒，每一學稍涉其樊，便加論列；故其所述著，多模糊影響籠統之談，甚者純然錯誤；及其自發現而自謀矯正，則已前後矛盾矣。平心論之，以二十年前思想界之閉塞委靡，非用此種鹵莽疏闊手段，不能烈山澤以闢新局；就此點論，梁啓超可謂新思想界之陳涉。雖然，國人所責望於啓超者不止此，以其人本身之魄力，及其三十年歷史上所積之資格，實應為我新思想界力圖締造一開國規模，若此人而長此以自終，則在中國文化史上，不能不謂為一大損失也。

啓超與康有為有最相反之一點，有為太有成見，啓超太無成見，其應事也有然，其治學也亦有然。有為常言：「吾學三十歲已成，此後不復有進，亦不必求進；」啓超不然，常自覺其學未成，且憂其不成，數十年日在旁皇求索中；故有為之學，在今日可以論定；啓超之學，則未能論定。然啓超以太無成見之故，往往徇物而奪其所守；其創造力不逮有為，殆可斷言矣。啓超「學問慾」極熾，其所嗜之種類亦繁雜；每治一業，則沉溺焉，集中精力，盡拋其他；歷若干時日，移於他業，則又拋其前所治者；以集中精力故，故常有所得；以移時而拋故，故入焉而不深；彼嘗有詩題其女令嫻《藝術館日記》云：「吾學病愛博，是用淺且蕪，尤病在無恆，有獲旋失諸，百凡可效我，此二無我如。」可謂有自知之明。啓超雖自知其短，而改之不勇；中間又屢為無聊的政治活動所牽率，耗其精而荒其業。識者謂啓超若能永遠絕意政治，且裁斂其學問慾，專精於一二點，則於將來之思想界當更有所貢獻；否則亦適成為清代思想史之結束人物而已。

注釋

❶許鄭　指許慎、鄭玄。

❷羼　音ㄔㄢˋ。混雜；摻雜。

❸彝器　古代宗廟祭祀的禮器。多係盛酒器。彝，音ㄧˊ。

❹齗齗　齗，音ㄧㄣˊ ㄧㄣˊ。爭辯的樣子。

❺詆訶　斥責。訶，音ㄏㄜ。

❻獨夫　指暴虐無道、眾叛親離的君主。

❼秕政　不好的政治。秕，音ㄅㄧˇ。

❽懲羹而吹虀　因為被沸羹燙到嘴，所以見到冷的虀菜也用嘴去吹。比喻人過分戒懼。

賞析

這本書近六萬字，作於一九二〇年（民國九年），見於《飲冰室專集》第三十四冊；本來是為蔣方震（百里）編的《歐洲文藝復興史》寫的序文，不料下筆不能自休，寫到後來，竟然篇幅與蔣書相當，只好宣告獨立，反過來請蔣方震為此書寫序了。此書宏觀而論清代學術發展，後來另著《中國近三百年學術史》數十萬言，則比較細密的敘述各家學說。全書共分三十三節，這裡節錄和作者最有關係的四節。在這四節之中，很能看出康有為思想的梗概，康、梁思想的異同，和作者在湖南長沙時務學堂時師生為學的情形。

作者二十六歲亡命日本後，讀日譯西書，虛心接受西學，他的進步已經超過封閉不學的老師康有為。康有為霸氣十足，弟子惟有聽命，不得有違。在日本時，梁啓超一度與革命黨過從甚密，康有為寫信痛斥他，並以身體健康要脅他悔改聽命，命令他到檀香山辦理保皇會事。梁格於師生之誼，只好委屈順從。他曾寫信給徐勉說：「去年十月間，長者來一長函痛罵，云因我輩言革之故大病，危在旦夕。弟見信惶恐之極，故連發兩電往，其一云『悔改』，其二云『眾痛改，望保攝』。實則問諸本心，能大改乎？弟實未棄其主義也，不過迫於救長者之病耳。」心中未嘗悅服，只是不得已而順從罷了。

民國之後，師弟二人種種主張，皆不相侔；他不甘再屈從，曾寫信給康有為說：「奉教惟痛心。數月來談事，動生扞格，……每談一事，歸則患首痃。師所持論往往不能領略，而終無由盡其言，卒面從而已，以後亦往往如是。大抵與師論事，無論何人決不能自申其說。……師平昔事無大小，舉措乖方之處，不一而足，弟子亦不能心悅誠服，無如何也。」後來在政治與學術思想方面，師弟二人已經完全分道揚鑣。本書因為不是在報章上鼓吹新思想，所以作者改用比較冷靜客觀的語氣論述。寫歷史（學術史）寫到自己的老師和本人，很不好下筆；而作者此處論斷二人的異同，學者大都認為公允。

學問之趣味

我是個主張趣味主義的人：倘若用化學化分「梁啓超」這件東西，把裡頭所含一種元素名叫「趣味」的抽出來，只怕所剩下僅有個〇了。

我以為：凡人必常常生活於趣味之中，生活才有價值。若哭喪著臉挨過幾十年，那麼，生命便成沙漠，要來何用？中國人見面最喜歡用的一句話：「近來做何消遣？」這句話我聽著便討厭。話裡的意思，好像生活得不耐煩了，幾十年日子沒有法子過，勉強找些事情來消他遣他。一個人若生活於這種狀態之下，我勸他不如早日投海！我覺得天下萬事萬物都有趣味，我只嫌二十四點鐘不能擴充到四十八點，不夠我享用。我一年到頭不肯歇息，問我忙什麼？忙的是我的趣味。我以為這便是人生最合理的生活，我常常想運動別人也學我這樣生活。

凡屬趣味，我一概都承認他是好的。但怎麼樣才算「趣味」，不能不下一個注腳。

我說：「凡一件事做下去不會生出和趣味相反的結果的，這件事便可以為趣味的主體。」賭錢趣味嗎？輸了怎麼樣？吃酒趣味嗎？病了怎麼樣？做官趣味嗎？沒有官做的時候怎麼樣？……諸如此類，雖然在短時間內像有趣味，結果會鬧到俗語說的「沒趣一齊來」，所以我們不能承認它是趣味。凡趣味的性質，總要以趣味始以趣味終。所以能為趣味之主體者，莫如下列的幾項：一、勞作；二、遊戲；三、藝術；四、學問。諸君聽我這段話，切勿誤會以為：我用道德觀念來選擇趣味。我不問德不德，只問趣不趣。我並不是因為賭錢不道德才排斥賭錢，因為賭錢的本質會鬧到沒趣，鬧到沒趣便破壞了我的趣味主義，所以排斥賭錢；我並不是因為學問是道德才提倡學問，因為學問本質能夠以趣味始以趣味終，最合於我的趣味主義條件，所以提倡學問。

學問的趣味，是怎麼一回事呢？這句話我不能回答。凡趣味總要自己領略，自己未曾領略得到時，旁人沒有法子告訴你。佛典說的：「如人飲水，冷暖自知。」你問我這水怎樣的冷，我便把所有形容詞說盡，也形容不出給你聽，除非你親自喝一口。我這題目——學問之趣味，並不是要說學問如何如何的有趣味，只要如何如何便會嘗得著學問的趣味。

諸君要嘗學問的趣味嗎？據我所經歷過的有下列幾條路應走：

第一、無所為（為讀去聲）。趣味主義最重要的條件是「無所為而為」。凡有所為而為的事，都是以別一件事為目的而以這件事為手段；為達目的起見勉強用手段，目的達到時，手段便拋卻。例如學生為畢業證書而做學問，著作家為版權而做學問，這種做法，便是以學問為手段，便是有所為。有所為雖然有時也可以為引起趣味的一種方便，但到趣味真發生時，必定要和「所為者」脫離關係。你問我：「為什麼做學問？」我便答道：「不為什麼」。再問，我便答道：「為學問而學問」；或者答道：「為我的趣味」。諸君切勿以為我這些話掉弄虛機；人類合理的生活本來如此。小孩子為什麼遊戲？為遊戲而遊戲；人為什麼生活？為生活而生活。為遊戲而遊戲，遊戲便有趣；為體操分數而遊戲，遊戲便無趣。

第二、不息。「鴉片煙怎樣會上癮？」「天天吃。」「上癮」這兩個字，和「天天」這兩個字是離不開的。凡人類的本能，只要哪部分擱久了不用，他便會痲木會生銹。十年不跑路，兩條腿一定會廢了；每天跑一點鐘，跑上幾個月，一天不得跑時，腿便發癢。人類為理性的動物，「學問慾」原是固有本能之一種；只怕你出了學校便和學問告辭，把所有經管學問的器官一齊打落冷宮，把學問的胃弄壞了，便山珍海味擺在面前也不願意動筷子。諸君啊！諸君倘若現在從事教育事業或將來想從事教育事業，自然沒有問題，很多機會來培養你學問胃口。若是做別的職業呢？我勸你每日除本業正當勞作之外，最少總要騰出一點鐘，研究你所嗜好的學問。一點鐘哪裡不消耗了？千萬別要錯過，鬧成「學問胃弱」的徵候，白白自己剝奪了一種人類應享之特權啊！

第三、深入的研究。趣味總是慢慢的來，愈引愈多；像倒吃甘蔗，愈往下才愈得好處。假如你雖然每天定有一點鐘做學問，但不過拿來消遣消遣，不帶有研究精神，趣味便引不起來。或者今天研究這樣明天研究那樣，趣味還是引不起來。趣味總是藏在深處，你想得著，便要入去。這個門穿一穿，那個窗戶張一張，再不會看見「宗廟之美，百官之富」，如何能有趣味？我方才說「研究你所嗜好的學問」，嗜好兩個字很要緊。一個人受過相當的教育之後，無論如何，總有一兩門學問和自己脾胃相合，而已經懂得大概可以作加工研究之預備的。請你就選定一門作為終身正業（指從事學者生活的人說）或作為本業勞作以外的副業（指從事其他職業的人說）。不怕範圍窄，愈窄愈便於聚精神；不怕問題難，愈難愈便於鼓勇氣。你只要肯一層一層地往裡面追，我保你一定被他引到「欲罷不能」的地步。

第四、找朋友。趣味比方電，愈摩擦愈出。前兩段所說，是靠我本身和學問本身相摩擦；但仍恐怕我本身有時會停擺，發電力便弱了。所以常常要仰賴別人幫助。一個人總要有幾位共事的朋友，同時還要有幾位共學的朋友。共事的朋友，用來扶持我的職業；共學的朋友和共頑的朋友同一性質，都是用來摩擦我的趣味。這類朋友，能夠和我同嗜好一種學問的自然最好，我便和他研究。即或不然——他有他的嗜好，我有我的嗜好，只要彼此都有研究精神，我和他常常在一塊或常常通信，便不知不覺把彼此趣味都摩擦出來了。得著一、兩位這種朋友，便算人生大幸福之一。我想只要你肯找，斷不會找不出來。

我說的這四件事，雖然像是老生常談，但恐怕大多數人都不曾這樣做。唉！世上人多麼可憐啊！有這種不假外求、不會蝕本、不會出毛病的趣味世界，竟自沒有幾個人肯來享受！古書說的故事「野人獻曝」；我是嘗冬天曬太陽的滋味嘗得舒服透了，不忍一人獨享，特地恭恭敬敬地來告訴諸君。諸君或者會欣然採納吧？但我還有一句話：太陽雖好，總要諸君親自去曬，旁人卻替你曬不來。

賞析

這是作者一九二二年八月六日在南京東南大學暑期學校的講演，收入《飲冰室文集》三十九冊。這篇講演不是直接描寫學問的趣味，如果只是如此描寫，僅止於敘述個人的感受，縱使動聽，對聽眾的啓發也不大。他談的其實是：怎樣才能獲得學問的趣味？他所說的幾點：不要以學問為手段、有恆、深入體會、找朋友，都是很切實的。

尋常學者講這題目，不免有說教意味；但若了解作者從少到老，對學問的追求都如醉如痴，樂在其中，就會覺得他語語懇切。他自幼喜歡讀書，少年時期在廣州讀書，當時廣州有五大書院，科目各有所長，他除了在學海堂肄業，常領獎學金買書之外，也在其他三個書院旁聽。五大書院他就讀了四個；他沒有去粵雅堂，是因為不喜歡該院的規定——學生要在門口站班迎接來訪的官員。他每次對一門學問發生興趣，都全心投入，覺得趣味無窮。而且，研究有心得，就迫不及待的與人分享；他一生著述無數，就是他趣味的寫照。

人權與女權

諸君看見我這題目，一定說梁某不通：女也是人，說人權自然連女權包在裡頭，為什麼把人權和女權對舉呢？哈哈！不通誠然是不通，但這不通題目，並非我梁某人杜撰出來。社會現狀本來就是這樣的不通，我不過照實說，而且想把不通的弄通罷了。

我要出一個問題考諸君一考：「什麼叫作人？」諸君聽見我這話，一定又要說：「梁某只怕瘋了！這問題有什麼難解？凡天地間『圓顱方趾橫目睿心』的動物自然都是人。」哈哈！你這個答案錯了。這個答案只能解釋自然界「人」字的意義，並不能解釋歷史上「人」字的意義。歷史上的人，其初範圍是很窄的，一百個「圓顱方趾橫目睿心」的動物之中，頂多有三幾個夠得上做「人」，其餘都夠不上！換一句話說：從前能夠享有人格的人是很少的，歷史慢慢開展，「人格人」才漸漸多起來。

諸君聽這番話，只怕愈聽愈糊塗了。別要著急，等我逐層解剖出來。同是「圓顱方趾橫目睿心」的動物，自然我做得到的事，你也做得到；你享有的權，我也該享有。是不是呢？著啊，果然應該如此。但是從歷史上看來，卻大大不然。無論何國歷史，最初總有一部分人叫作「奴隸」。奴隸豈不也是「圓顱方趾橫目睿心」嗎！然而那些非奴隸的人，只認他們是貨物，不認他們是人。諸君讀過西洋歷史，諒來都知道古代希臘的雅典，號稱「全民政治」，說是個個人都平等都自由。又應該知道有位大哲學家柏拉圖，是主張共和政體的老祖宗。不錯，柏拉圖說，凡人都應該參與政治，但奴隸卻不許。為什麼呢？因為奴隸並不是人！雅典城裡幾萬人，實際上不過幾千人參與政治。為什麼說是全民政治呢？因為他們公認是「人」的都已參與了，剩下那一大部分，便是奴隸，本來認作貨物不認作人。

不但奴隸如此，就是貴族和平民比較，只有貴族算是完完全全一個人，平民頂多不過夠得上做半個人。許多教育，只准貴族受，不准平民受；許多職業，只准貴族當，不准平民當；許多財產，只准貴族有，不准平民有。這種現象，我們中國自唐虞三代到孔子的時候便是如此；歐洲自羅馬帝國以來一直到十八世紀都是如此。

在奴隸制度底下，不但非奴隸的人把奴隸不當人看，連那些奴隸也不知道自己是個「人」。在貴族制度底下，不但貴族把平民當半個人看，連那些平民也自己覺得我這個人和他那個人不同。如是者渾渾沌沌過了幾千年。

人是有聰明的，有志氣的，他們慢慢地從夢中覺醒起來了！你有兩隻眼睛一個鼻子，我也有一個鼻子兩隻眼睛，為什麼你便該如彼我便該如此？他們心問口、口問心，經過多少年煩悶悲哀，忽然石破天驚，發明❶一件怪事：「啊，啊！原來我是一個人！」這件怪事，中國人發明到什麼程度我且不說，歐洲人什麼時候發明呢？大約在十五、六世紀文藝復興時代。他們一旦發明了自己是個人，不知不覺地便齊心合力下一個決心，一面要把做人的條件預備充實，一面要把做人的權利擴張圓滿。第一步，凡是人都要有受同等教育的機會，不能讓貴族和教會把學問壟斷。第二步，凡是人都要各因他的才能就相當的職業，不許說某項職業該被某種階級的人把持到底。第三步，為保障前兩事起見，一國政治，凡屬人都要有權過問。總說一句：他們有了「人的自覺」，便發生出人權運動。教育上平等權、職業上平等權、政治上平等權，便是人權運動的三大階段。

啊，啊！了不得，了不得！人類心力發動起來，什麼東西也擋他不住。「一！二！三！開步走！」「走！走！走！」走到十八世紀末年，在法國巴黎城轟地放出一聲大砲來：「人權宣言」！好呀！好呀！我們一齊來！屬地麼，要自治；階級麼，要廢除；選舉麼，要普遍。黑奴農奴麼，要解放。十九世紀全個歐洲、全個美洲熱烘烘鬧了一百年，鬧的就是這一件事。吹喇叭，放爆竹，吃乾杯，成功！凱旋！人權萬歲！從前只有皇帝是人，貴族是人，僧侶是人，如今我們也和他們一樣，不算人的都算人了，普天之下率土之濱凡叫作人的，都恢復他們資格了。人權萬歲！萬萬歲！

萬歲聲中，還有一大部分「圓顱方趾橫目睿心」的動物在那邊悄悄地滴眼淚。這一部分動物，雖然在他們同類中占一半的數量，但向來沒有把他們❷編在人類裡頭。這一部分是誰，就是女子！人權運動，運動的是人權。他們是 Women 不是 Men，說得天花亂墜的人權，卻不關他們的事！

眼淚是最神聖不過的東西，眼淚是從自覺的心苗中才滴得出來。男子固然一樣的兩隻眼睛一個鼻子，沒有什麼貴族、平民、奴隸的分別，難道女子又只有一隻眼睛半個鼻子嗎？當人權運動高唱入雲的時候，又發明一件更怪的事：「啊，啊！原來世界上還有許多人！」有了這種發明，於是女權運動開始起來。女權運動，我們可以給他一個名詞，叫作廣義的人權運動。

廣義的人權運動——女權運動，和那狹義的人權運動——平民運動正是一樣，要有兩種主要條件：第一要自動，第二要有階段。

什麼叫自動呢？例如美國放奴運動，不是黑奴自己要解放自己，乃是一部分有博愛心的白人要解放他們，這便是他動不是自動。不由自動得來的解放，雖解放了也沒有什麼價值。不惟如此，凡運動是多數人協作的事，不是少數人包辦的事，所以要多數共同的自動。例如中國建設共和政體，僅有極少數人在那裡動，其餘大多數不管事，這仍算他動不是自動。像歐洲十九世紀的平民運動，的確是出於全部或大多數的平民自覺自動，其所以能成功而且徹底的理由，全在乎此。女權運動能否有意義有價值，第一件就要看女子切實自覺自動的程度何如。

什麼是階段呢？前頭說過，人權運動含有三種意味：一是教育上平等權，二是職業上平等權，三是政治上平等權。這三件事雖然一貫，但裡頭自然分出個步驟來。在貴族壟斷權利的時代，他們辯護自己惟一的武器，就是說：我們貴族所有的學問知識，你們平民沒有；我們貴族辦得下來的事，你們平民辦不下來。這話對不對呢？對呀。歐洲中世的社會情狀，的確是如此。倘若十八、九世紀依然是這種情狀，我敢保「人權宣言」一定發不出來，即發出來也是空話。所以自文藝復興以來，他們平民第一件最急切的要求，是要和貴族有受同等教育的機會。這種機會陸續到手，他們便十二分努力去增進自己的知識和能力。到十八、九世紀時，平民的知識能力，比貴族只有加高，絕無低下，於是乎一鼓作氣，把平民運動成功了。換一句話說：他們是先把做人條件預備充實，才能把做人的權利擴張圓滿。

他們的女權運動現在也正往這條路上走。女權運動，也是好幾十年前已經開始了，但勢力很是微微不振。為什麼不振呢？因為女子知識能力的確趕不上男子。為什麼趕不上呢？因為不能和男子有受同等教育的機會。他們用全力打破這一關，打破之後，再一步一步地肉搏前去，以次到職業問題，以次到參政權問題。現在歐美這種運動，漸漸的已有一部分成功了。

我們怎麼樣呢？哎，說起來，又慚愧，又可憐，連大部分男子也沒有發現自己是個人，何論女子！狹義的人權運動還沒有做過，說什麼廣義的人權運動！所以有些人主張「女權尚早論」，說等到平民運動完功之後，再做女權運動不遲。這種話對嗎？不對。歐洲造鐵路，先有了狹軌，才漸漸改成廣軌；我們造鐵路，自然一動手就用廣軌，有什麼客氣！歐洲人把狹義廣義的人權運動分作兩回做，我們併做一回，並非不可能的事。但有一件萬不可以忘記：狹軌廣軌固然不成問題，然而沒有築路便想開車，卻是斷斷乎不行的。我說一句不怕諸君嘔氣的話：中國現在男子的知識能力固然也是很幼稚薄弱，但女子又比男子幼稚薄弱好幾倍！講女權嗎？頭一個條件，要不依賴男子而能獨立。換一句話說，是要有職業。譬如某學校出了一個教授的缺，十位女子和十位男子競爭，誰爭贏誰？譬如某公司或某私人要用一位祕書，十位女子和十位男子競爭，又誰爭贏誰？再進一步，假使女子參政權實行規定在憲法，到選舉場中公開講演自由競爭，又誰爭贏誰？以現在情形論，我斗膽敢說：女子十回一定有九回失敗。為什麼呢？因為現在女子的知識能力實實在在不如男子。天生成不如嗎？不然不然，不過因為學力不夠。為什麼學力不夠？為的是從前女子求學不能和男子有均等機會。沒有均等的機會，固然不是現在女子之過；然而學力不夠，卻是不能諱言的事實。諸君在英文讀本裡頭諒來都讀過一句格言："Knowledge is power."——知識即權力。不從知識基礎上求權力，權力斷斷乎得不到；僥倖得到，也斷斷乎保持不住。一個人如此，階級相互間也是如此，兩性相互間也是如此。

講到這裡，我們大概可以得一個結論了。女權運動，無論為求學運動，為競業運動，為參政運動，我在原則上都贊成；不惟贊成，而且十分認為必要。若以程序論我說學第一，業第二，政第三。近來講女權的人，集中於參政問題，我說是急其所緩，緩其所急。老實說一句：現在男子算有參政權沒有？說沒有嗎？《約法》上明明規定；說有嗎？民國成立十一個年頭，看見哪一位男子曾參過政來？還不是在選舉人名冊上湊些假名，供那班「政棍」買票賣票的工具！人民在這種政治意識之下，就讓你爭得女子參政權，也不過每縣添出千把幾百個「趙蘭、錢惠、孫淑、李娟……」等等人名，替「政棍」多弄幾票生意！我真不願志潔行芳的姊妹們，無端受這種汙辱。平心而論，政治上的事情，原不能因噎廢食，這種憤激之談，我也不願多說了。歸根結柢一句：無論何種運動，都要多培實力，少做空譚。女權運動的真意義，是要女子有痛切的自覺，從知識能力上力爭上游，務求與男子立於同等地位。這一著辦得到，那麼，競業參政，都不成問題；辦不到，任你攪得海沸塵飛，都是廢話。

諸君啊！現在全國中女子知識的製造場，就靠這十幾個女子師範學校，諸君就是女權運動的基本軍隊。莊子說得好：「水之積不厚，則其負大舟也無力。」諸君要知道自己責任重大，又要知道想盡此責任，除卻把學問做好，知識能力提高外，別無捷徑。我盼望諸君和全國姑姊妹們，都徹底覺悟自己是一個人，都加倍努力完成一個人的資格，將來和全世界女子共同協力做廣義的人權運動。這回運動成功的時候，真可以歡呼人權萬歲了！

注釋

❶發明　即「發現」，下同。

❷他們　「他」可兼指男、女，白話文普及之後才通用「他」、「她」、「它」。

賞析

這是一九二二年八月二十日的講演紀錄，收入《飲冰室文集》三十九冊。這篇講演很生動，首先論述以前根本不把某些人當人，不是每個自然人都是法律（權利）意義上的人，女人也沒有被人當作（有獨立權利的）人來看待。他並不是信口開河，像政客般聳人聽聞，而是徵引歐洲人權發展的歷史來立論，信而有徵。

他認為人權（女權）運動要有階段，爭取教育、職業、政治的平等權，要有步驟去實行。基本而切要的是教育平等權，女性和男性一樣教育普及，才能有知識，才談得上有能力勝任各種工作，然後才有本事參政。他不是為演講而作文，事實上，他一直不斷為爭取女權而努力。在一八九七年（光緒二十三年）二十五歲時，他就與有識之士於上海創辦不纏足會，會員妻女都不纏足；並創定會章，約定會員子女互相選擇婚配，從根本來解除大腳女子沒人要娶的顧慮。同年，他又倡議設女學堂。而此篇講演，正是針對南京女子師範將來要為人師表的準女教師而講，特別有意義。所以文末鼓勵聽眾說，她們是女權運動的基本部隊。

這篇講演很有層次，有如剝蔥，一層一層的論析，很有說服力。作者本身不止筆鋒很有感染力，他廣東口音的演講非常動人。同年，梁實秋在清華當學生，和作者的長子梁思成同班，透過兒子邀請父親來講演，講得非常精彩動人，梁實秋多年之後還印象深刻，特別寫文章記述梁啓超演講時候的神態舉止、聲音語調和聽眾的反應。

護國之役回顧談

諸君，今日是護國軍在雲南起義恢復共和的日子，學校裡都停課紀念，諸君因為我和這件事有點關係，請我來這裡講演，我很感謝諸君的盛情。哎，這件事現在已成為一段歷史了。和這段歷史有關係的人，親自來講這段歷史，聽的人自然親切有味。卻是可憐，這段歷史是傷心歷史，我這個在歷史裡頭湊腳色的人，好比帶著箭傷的一匹小鹿，那枝箭不搖他倒還罷了，搖起來使痛徹肝腸，因為這段歷史，是由好幾位國中第一流人物而且是我生平最親愛的朋友把他們的生命換出來。他們並不愛惜他自己的生命，但他們想要換得的是一個真的善的美的中華民國。如今生命是送了，中華民國卻怎麼樣？像我這個和他們同生不同死的人，真不知往後要從那一條路把我這生命獻給國家，才配做他們朋友。六年以來，我每一想起那眼淚便在肚子裡倒流。論起當時，對於袁世凱做皇帝，真是普天同憤，護國成功，原來是全國民心理所造成，並不是靠一部分幾個人之力。但別方面有許多事情，我知道得不十分正確，而且為時間所限，不能多說，現在只好把我所親歷的事情中之一部分，忍著痛和諸君說說罷。

提起今天的紀念，人人都該聯想到那位打倒袁皇帝的英雄蔡公松坡——即蔡鍔。蔡公許多事業，或者諸君都還知道，不必我細說，只說我和他的交情。我二十四歲時候，在湖南時務學堂講學，蔡公那年才十六歲，是我四十個學生裡頭最小的一個。我們在一塊兒做學問不過半年，卻是人格上早已鎔成一片。到第二年就碰著戊戌之難，我亡命到日本，蔡公和他的同學十幾個人，不知歷盡幾多艱辛，從家裡偷跑出來尋我。據我後來所知道的，他從長沙到了上海的時候，身邊只剩得二百銅錢即二十個銅子，好容易到日本找著我了。我和我一位在時務學堂同事的朋友唐才常先生，帶著他們十幾個人，租一間兩丈來寬一樓一底的日本房子同住著。我們又一塊兒做學問，做了差不多一年，我們那時候天天磨拳擦掌要革命，唐先生便帶著他們去實行。可憐赤手空拳的一群文弱書生，那裡會不失敗，我的學生就跟著唐先生死去大半。那時蔡公正替唐先生帶信到湖南，倖免於難。此外還有近年在教育界很盡些力的范源廉君，也是那十幾個學生裡頭漏網的一個。蔡公舊名本是艮寅兩個字，自從那回跑脫之後，改名蔡鍔，投身去學陸軍，畢業後在雲南帶兵，辛亥革命時在雲南獨立，做了兩年都督。這是蔡公和我的關係以及他在洪憲以前的歷史大概。

民國三年春天，蔡公把都督辭掉，回到北京。他辭都督，並非有人逼著他辭，雲南人苦苦挽留，中央也不放他走，但蔡公意思，一來，因為怕軍人攬政權，弄成藩鎮割據局面，自己要以身作則來矯正他。二來，因為他對外有一種懷抱，想重新訓練一班軍官，對付我們理想的敵國。三來，也因為在雲南兩年太勞苦了，身子有點衰弱，要稍為休息休息。他前後寫了十幾封信和我商量，要我幫他忙把官辭掉。於是我們在北京常在一塊兒又一年，當時很有點痴心妄想，想帶著袁世凱上政治軌道，替國家做些建設事業。我和我一位最好的朋友，也是死於護國之役的湯公覺頓，專門研究財政問題，蔡公專門研究軍事問題。雖然還做我們的學問生活，卻是都從實際上積經驗，很是有趣。

民國三年年底，袁世凱的舉動越看越不對了，我們覺得有和他脫離關係之必要，我便把家搬到天津，我自己回廣東去侍奉我先君，做了幾個月的鄉間家庭生活。那年陰曆端午前後，我又出來，到南京頑耍，正值馮華甫做江蘇將軍，他和我說，聽見要辦帝制了，我們應該力爭，他便拉我同車入京，見袁世凱，著實進些忠告。不料我們要講的話，袁世凱都先講了，而且比我們還痛切，於是我們以為他真沒有野心，也就罷了。華甫回南京做他的官，我回天津讀我的書。

過了兩個多月，我記不清楚是那一天，籌安會鬧起來了。籌安會發表宣言的第二日，蔡公從北京搭晚車來天津，拉著我和我們另外一位親愛的朋友——這個人現還在著，因他不願意人家知道他，故我不說他的姓名——同到湯公覺頓寓處，我們四個人商量了一夜，覺得我們若是不把討賊的責任自己背在身上，恐怕中華民國從此就完了。因為那時舊國民黨的人，都已逃亡海外，在國內的許多軍人文人都被袁世凱買收得乾乾淨淨。蔡公說：「眼看著不久便是盈千累萬的人頌王莽功德，上勸進表，袁世凱便安然登其大寶，叫世界看著中國人是什麼東西呢？國內懷著義憤的人，雖然很多，但沒有憑借，或者地位不宜，也難發手，我們明知力量有限，未必抗他得過，但為四萬萬人爭人格起見，非拚著命去幹這一回不可。」

於是我們商量辦法，惟一的實力，就是靠蔡公在雲南、貴州的舊部，但是按到實際上，有好幾個困難問題。第一層，這件事自然非蔡公親自到雲南去不可，但不能等蔡公到了過後慢慢地去集合舊部，如此一定事機洩漏，鬧不成功，所以一面要蔡公先派人去，一面要打電報把重要的人叫來，這裡頭非費三個月以上的日子不可。

第二層，我和蔡公的關係，是人人知道的。然而我們兩個人討賊所用的武器，各各不同，蔡公靠的是槍，我靠的是筆。帝制派既已有了宣言，我其勢不能不發表反對的文字。但我的文字發表之後，便是我們的鮮明旗幟已經打出來，恐怕妨害蔡公的實力行動。

我們再四商量的結果，只有外面上做成蔡公和我分家的樣子，於是過了幾天，我在天津，便發表了一篇萬多字的文章，題目叫做〈異哉所謂國體問題者〉，蔡公在北京，卻聯合好些軍官作贊成帝制的表示，他在北京到處逢人便說：「我們先生是書呆子，不識時務。」那些袁黨的人便問他：「你為什麼不勸你先生？」他說：「書呆子哪裡勸得轉來，但書呆子也不會做成什麼事，何必管他呢。」當時蔡公這種辦法，誠不免是帶些權術作用，但不是如此，事情便做不成，所以不得不行權。

袁世凱總算一位有眼力的人，他看定了當時最難纏最可怕的，就是我和蔡公師弟兩個，當我那文章還沒有發表以前，有一天他打發人送了十萬塊錢一張票子和幾件禮物來，說是送給我們老太爺的壽禮，他太看人不起了，以為什麼人都是拿臭銅錢買得來，我當時大怒，幾乎當面就向來人發作。後來一想，我們還要做實事，只好忍著氣婉辭謝卻，把十萬塊錢璧回，別的禮物收他兩件，同時卻把那篇作成未印的稿子給來人看，請他告訴袁世凱採納我的忠告，那人便垂頭喪氣去了。

蔡公那方面，雖然在軍官贊成帝制的文章上親筆簽過名，袁世凱到底不放心他，有一天蔡公家裡出了盜案了，有四五個衣服很整齊的人帶著手槍來搶劫，但是奇怪，什麼東西都沒有搶去，只是翻箱倒篋像要搜查什麼書籍紙片之類，結果搜不出什麼，空手走了。後來我們才知道是袁世凱派來要偷蔡公的電報密碼本子。可惜他腦筋發動得遲慢，蔡公早已防備到這一著，在一個禮拜前已經把幾十部密碼帶到天津，放在我的臥房裡頭了。袁世凱一面發氣，一面恐怕露馬腳，過幾天便把那幾個欽派強盜槍斃滅口了。

我們在這幾個月裡頭，天天和袁世凱鉤心鬥角，把我們一群心直口直的書生，也弄成很深的城府，偵探是常常二三十個跟著我們，我們卻不能不常常會面。蔡公總是每禮拜跑一趟天津，因為要避袁黨注意起見，我們在一塊兒便打牌吃花酒，做成極腐敗的樣子。幾個月過後，袁世凱看著這兩個人真沒有什麼可怕了，九、十月間，蔡公叫出來的人都到了，又打發回去了。十一月底，蔡公便託病——其實亦是有病，入天津某醫院住著，等到袁世凱幾趟派來問病的人拿了醫生診斷書回去，蔡公便一溜溜到我家裡，搭船去日本長崎會他派去雲南又從雲南再出來迎接他的一個人，這人是一位師長，現在已經出家做和尚，在南京跟著歐陽競無先生學佛。我為什麼一向守在天津不走動呢？頭一件，因為辦事祕密機關在我家裡，我不能走開。第二件，因為我一走動，怕袁世凱加意防範蔡公，蔡公便到不了雲南。

我們這幾個月刻刻當心，一直到十二月二號，蔡公才能跑脫，我們約定扣準日子，蔡公到雲南的時候，我便到上海，我們分手的時候，約定兩句話：「成功呢，什麼地位都不要，回頭做我們的學問。失敗呢，就死，無論如何不跑租界，不跑外國。」蔡公走了十日後，我也悄悄地搭船往大連，由大連轉上海，蔡公走了，他家裡完全不知，倒天天打電話來問我要人，我只好拿別的話支吾過去。我臨走的前一點鐘，去和我的夫人作別，把事情大概告訴他，我夫人說：「我早已看出來了，因為你不講，我當然也不問你。」他拿許多壯烈的話鼓勵我勇氣，但我向來出門，我夫人沒有送過我，這回是晚上三點鐘，他送我到大門口，很像有後會無期的感想，可憐袁世凱派下來幾十個飯桶偵探，頭一回把蔡鍔放跑，第二回把梁啓超放跑，他們還睡覺呢。聽說後來都槍斃了。我臨動身的時候，把我預備好的討賊檄文和電報等等都交給一位朋友，雲南今天起義，明天北京、天津、上海中西文報紙都一齊登出來，和原文一字不差，聽說袁世凱後來看見氣極了，說：「自己一世做人聰明伶俐，不料這回被梁啓超、蔡鍔裝在鼓子裡頭。」

蔡公十二月十九日到雲南省城，我十八日也到上海，雲南軍界都是蔡公舊部，況且又經幾個月布置，自然根本上沒有多大問題，但到了臨時，也不免言嚨事雜，幾乎發動不成。我在上海接到蔡公一封「皓電❶」後，一連幾日，別無消息，那時我們又不能打密電去問，只有乾著急。還好，南京的馮華甫，很和我們表同情，我託他幫我打封電去，這是二十二日的事。這封電卻有非常的效力，因為這電是我和蔡公約的密碼，由南京一等印電發去，他們以為我這個人已經在南京，馮華甫準備著就要響應了，二十五日下午，蔡公拿我的電文當眾宣布，當場就把現成做好的反對帝制檄文用電報打出來，就是今日所紀念的護國之役歷史的發端了。

我們這幾個月的計劃，本來預定舉義後半個多月，我們的兵便到重慶，料定袁世凱調將遣兵，搶不過我們的先著，但起義後有許多意外的障礙——我現時也不忍多說，總之因為這種障礙，弄到蔡公要從大理府一帶調兵，耽擱了十來天的日子，而且好的兵都留在省城，蔡公所能帶到前敵的，只是二等以下的兵，二等以下的軍械。因為這種障礙，本來應該在重慶、宜昌一帶和袁軍決勝負的，鬧到在敘州、瀘州一帶被敵人堵截我們。那時洪憲皇帝那邊的主將，便是現在候補大總統曹錕，帶著張敬堯、吳佩孚一班人，手下十幾萬器械精良，糧食充足的軍隊。可憐我們最敬愛的蔡公，帶著不滿五千人的飢疲之眾，和他們相持幾個月。講到軍事嗎，我是外行，一點說不出來，但我所知道的，蔡公四個月裡頭，平均每日睡覺睡不到三點鐘，吃的飯是一半米一半沙硬吞，他在萬分艱難萬分危險中，能夠令全軍將官兵卒個個都願意和他同生同死。他經過幾回以少擊眾之後，敵人便不敢和他交鋒，只打算靠著人多困死他餓死他。到後來，他的軍隊，幾乎連半飽都得不著了，然而沒有一個人想著退卻，都說我們跟著蔡將軍，為國家而戰，為人格而戰，蔡將軍死在哪裡，我們也都歡欣鼓舞的死在哪裡。哎，我真不知蔡公的精神生活高尚到什麼程度，能夠令他手下人人都感動到如此。

說到這裡，我們要把蔡公一方面的事暫行擱起，說說各方面情形。蔡公在北京時候找出來商量大事的人，除了雲南軍官以外，最重要的是前任貴州省長戴公循若。戴公本來是一位學師範的文人，辛亥革命時，在貴州起義，後來做了省長，是一位極有肝膽極有才略的人。他從十月間就到北京，受了蔡公命令回貴州布置，雲南起義後二十多天，他就把貴州響應起來。他帶著一枝軍隊出到洪江，和蔡公掎角❷，當時和他相持者就是吳佩孚。像他這樣一位文弱書生，用些殘兵弱卒和現在鼎鼎大名的第一流軍人能相持許久，我們可以想像他的人才和人格了。後來戴公做了四川督軍，被安福黨人劉存厚戕害，這是後話，姑且不提。

且說自從雲南起義後三個多月，除貴州以外，沒有一省響應，蔡公軍又圍困在瀘州，朝不保夕，袁世凱看著我們這些跳梁小丑指日可平，早已大踏步坐上皇帝寶座去了。我們在上海真是急得要死，自己覺著除了以身殉國外沒有第二條路了。我自己是天天做文章鼓吹，還寫了許多信到各省的將軍們，也沒什麼功效，當時態度最不明瞭的，就是廣西的陸君榮廷，我們所盼望第三省的響應，也只有這一處。我寫了一封很沉痛的信給他，陸君本來是久懷義憤，或者我這封信有點子幫助也未可定，到三月中旬，陸君忽然派一位軍官姓唐的，帶著他的親筆信來找我，要我到廣西去他才獨立，我早上到，他晚上發表，晚上到，他早上發表。

我們得著這個消息，真是喜從天降，我一點不遲疑答道：「我立刻就去。」但是怎麼樣去法呢？當時袁皇帝「捕拿梁啓超就地正法」的上諭，早已通行各省，我經過廣東到廣西是萬萬不行的，只有走安南的一條路。當時香港政府是替袁皇帝出力的，我差不多連香港一關也過不去，加以我上海的寓所中，前後左右都是偵探圍繞，我幾乎一步不能出門。我一面籌劃我去的方法，一面請我們在北京頭一天商量大計的朋友湯公覺頓先到陸君那裡幫他的忙。

俗語說得好：「天下無難事，只怕有心人。」我廣西到底去成了，我想法子從上海搭船到香港，我是蹲在煤炭房的旁邊，我下了船後上海偵探才知道，打電到香港，香港政府派人來搜船，也搜我不著。我又設法偷搭一隻裝貨船到了安南。安南本來有我們設立的一個通信機關，我以為到了那裡搭火車入廣西很容易了，那知道到了過後，各車站中已經有我的相片，到處截拿，我只好坐一段車坐一段船走一段路，三天工夫才到鎮南關入廣西境。在這個期間內，我自己碰著一件終天大恨的事。哎，我先君因病過去了，那時候我正蹲在香港船煤炭房裡頭。哀哉，哀哉，我從此便永遠為無父之人了，可憐我的朋友都瞞著不給我知道。我在廣西，怕老太爺擔心，三天五天一封稟帖去報平安，哎，講什麼國家大事，我簡直不是個人了。

陸君榮廷到底是好漢，我的朋友湯公到了南寧，並報告我已經起程，陸君並不等我到步，三月十五日已經把廣西獨立了。三月二十六日我才到南寧，廣西問題解決之後，再進一步，就是廣東問題，那時廣東的將軍是龍濟光，袁世凱封他做親王，正在高興得很，我們想不把廣東拿過來，到底不能達討賊的目的。龍濟光因大勢的壓迫，漸漸拿出模稜態度，和我們通殷勤，有電到廣西請派人來商量。當時湯公激於義憤，自己擔負這個責任，跑到廣州，和龍濟光痛陳利害一日一夜，四月初九日居然把廣東獨立的電報打了出來。那時龍濟光左右都是帝制黨人，他自己就沒有誠意，那裡經得起別人的恐嚇呢。到了明天，他便變起卦來，說是要在海珠開善後會議，把湯公和我們在廣東共事最得力的朋友，一位是警察廳長王公廣齡，一位是陸軍少將譚公學夔，一齊請去，門外是大兵重重圍住，開議不到一會，龍濟光部將凶賊顏啓漢等，拿出手槍向湯公、王公、譚公狙擊，慘哉，慘哉！這幾位忠肝熱血足智多謀的仁人志士，竟斷送在一群草寇手裡頭。

我們在廣西得著凶報，痛憤自不待言，便連日連夜帶著大兵，從梧州順流而下，到了肇慶，肇慶鎮守使李君耀漢，歡迎我們，我和陸君就在肇慶和龍濟光相持。過了幾日，岑君春煊也從上海跑來了，聽說孫君逸仙也從外國回到上海，他手下的健將陳君烱明，也在惠州起兵響應我們，龍濟光著急了，派人到我們那裡謝罪。但是他的靠不住，誰也知道的。當時我們手下的人個個摩拳擦掌，說非打廣東不可。

但我和陸君全盤打算徹底商量，蔡公正陷在重圍，再下去個把月眼看著要全軍覆滅，我們把廣西獨立原是想出兵湖南，牽制敵勢，令根本問題早日解決，若是粵桂開起仗來，姑無論沒有必勝的把握，就令得勝，也要費好些時日，而且精銳總損傷不少，還拿什麼力量來討賊？豈不是令袁世凱拍掌大笑嗎？論理，湯、王、譚三公，都是我幾十年骨肉一般的朋友，替他們報仇的心，我比什麼人都痛切，但我當時毅然決然主張要忍著仇恨和龍濟光聯合。

但是聯合嗎？他要來打我們又怎麼呢？我說非徹底叫龍濟光明白利害死心塌地跟我們走不可。有什麼方法叫他如此呢，我左思右想，想了一日一夜，除非我親自出馬，靠血誠去感動他。當時我就把我這意見提出來，我的朋友和學生跟著我在肇慶的個個大驚失色，說這件事萬萬來不得，有幾位跪下來攔我。但我那時候，天天接著蔡公電報，形勢危在旦夕，我覺得我為國家為朋友都有絕大的責任，萬萬不能躲避，而且我生平不知為什麼緣故有一種自信，信我斷不會橫死，信我一定有八十歲命。

當時無論何人也攔我不住，我竟自搭車跑廣州去了。我到了沙面，打電話告訴龍濟光說我來了，要會他，龍濟光也嚇一大驚，跟著我就一乘轎子跑上觀音山去了。我和龍濟光苦口婆心的談了十幾點鐘，還好，他像是很心悅誠服的樣子，到第二天晚上，他把許多軍官都聚起來，給我開歡迎會，個個都拖槍帶劍如狼似虎的幾十人，初時還是客客氣氣的，啊，啊，酒過三巡，漸漸來了，坐在龍濟光旁邊一員大將，後來我才知道他名字叫做胡令萱，在那裡大發議論，起首罵廣東民軍，漸漸罵廣西軍，漸漸連蔡公和護國軍都罵起來了，鼓起眼睛盯著我，像是就要動手的樣子。龍濟光坐在旁邊整勸少說話。

我起初是一言不發，過了二十分鐘過後，我站起來了。我說：「龍都督，我昨夜和你講的什麼話，你到底跟他們說過沒有？我所為何來，我在海珠事變發生過後才來，並不是不知道你這裡會殺人，我單人獨馬手無寸鐵跑到你千軍萬馬裡頭，我本來並不打算帶命回去。我一來為中華民國前途來求你們幫忙，二來也因為我是廣東人，不願意廣東糜爛，所以我拚著一條命來換廣州城裡幾十萬人的安寧，來爭全國四萬萬人的人格。既已到這裡，自然是隨你們要怎樣便怎樣……」

我跟著就把全盤利害給他們演說了一點多鐘，據後來有在座的人說，我那時候的意氣橫厲，簡直和我平時是兩個人，說我說話的聲音之大就像打雷，說我一面說一面不停的拍桌子，把那滿座的玻璃杯都打得丁當作響，我當時是忘形了。但我現在想起來，倘若我當時軟弱些，倒反或者免不了他們的毒手。我氣太盛了，像是把他們壓下去，那位胡令萱悄悄跑了。此外的人，像都有些感動，散席後許多位來和我握手道歉，自從那一晚過後，廣東獨立，沒有什麼問題了。第三天我就回肇慶，陸君也帶著兵出湖南去了。

以後湖南、浙江都陸續獨立，四川那邊形勢鬆得多了，過些日子，接著馮華甫電報，要我來上海商量解決大局方法。我五月初旬回到上海，我的兄弟和我的女兒從天津來接我。住定了兩日，才把老太爺的事告訴我，我魂魄都失掉了，還能管什麼國家大事，從此我就在上海居喪，連華甫也不便來和我商量了。過了二十多天，袁世凱氣憤身亡，這齣戲算是唱完。

共和恢復了，黎總統就任了。當下任命蔡公做四川督軍兼省長。蔡公本來說過，成功不爭地位，而且這幾個月過的日子不是人過的，他本來已經有病的人，到這時更病到不成樣子，所以他無論如何不肯做這官，急急要將兵權交出來，自己去養病。但一來因為自己的軍隊要收束，二來因為四川秩序要維持，他還扶著病親自到成都住了二十天，把各方面情形都布置停妥。當時政府無論如何不許他辭，四川人燒著香攔著路不准他走，他到底毅然決然走了。他到上海時候，我會著他，幾乎連面目也認不清楚，喉嚨啞到一點聲音也沒有，醫生都看著這病是不能救了，北京政府接二連三派人歡迎他，他也不去，在上海住了幾天，就到日本養病，十一月七號，這位民國恩人便和這個世界長別了。

這回事件，拿國內許多正人君子去拚一個叛國的奸雄袁世凱，拚總算拚下了。但袁世凱的遊魂，現在依然在國內縱橫猖獗，而且經他幾年間權術操縱，弄得全國人廉恥掃地，國家元氣，斷喪得乾乾淨淨。哎，紀念雲南起義，還有什麼紀念，不過留下一段傷心的史料罷了。若說還有紀念價值嗎？那麼，請紀念蔡公松坡這個人。我們青年倘能因每年今天的紀念，受蔡公人格的一點感化，將來當真造出一個真的善的美的中華民國出來，蔡公在天之靈，或者可以瞑目了。

蔡公死了嗎？蔡公不死。不死的蔡公啊！請你把你的精神變作百千萬億化身，永遠住在我們青年心坎裡頭。

注釋

❶皓電　這是所謂的「代日韻目」，也就是從《韻目表》中挑選代替日期的韻目，總共有三十一個，分別代表三十一天。「皓」是十九日。

❷掎角　互相呼應。掎，音ㄐㄧˇ。

賞析

本篇是一九二二年，護國之役（一九一六）結束之後六年，十二月二十五日對南京學界的演講紀錄，收錄在《飲冰室文集》三十九冊。

蔡鍔（一八八二——一九一六）在北京被袁世凱監視時，很巧妙的脫離虎口，他故意花天酒地，和妻子一再打罵，讓袁派人排解，將家屬送走。他改變態度支持帝制，最初袁狐疑不信，派楊度（和梁啓超熟悉，擁護帝制甚力。）去探他口風，故意質問他為什麼改變態度支持帝制，他反問楊度：「以前你和梁先生同為保皇會同志，何以今天也各執己見，各走不同的道路呢？」還說已經私下跟總統請願過了。楊度不虞有詐，向袁力保蔡鍔無事；後來袁大罵楊度是蔣幹（《三國演義》中，被老朋友周瑜愚弄，給曹操帶回假情報的笨間諜。）據說北京青樓女子小鳳仙確曾掩護他離開北京，故意把房間換上紙窗簾，而且捲起窗簾讓蔡鍔坐著喝酒，方便偵緝隊看到他的動靜。蔡鍔算準往天津的火車快要開行，才假裝暫時離開房間，其實奔赴車站。偵緝隊密探看他的懷錶放桌上，大衣掛架上，以為他只是去小解，不虞有他。

蔡鍔雖然離開了北京，還虛與委蛇，一再請人向袁請病假，盡量拖延，爭取時間來部署。後來人已到日本，再請長假赴日就醫，袁只好遷就事實批准。他往雲南前，預先寫好很多封親筆信，報告在日遊歷見聞，讓人隔日寄回。袁看字跡是親筆，郵戳不假，日期明確，還以為他仍在日本。

梁啓超二十五歲主講長沙時務學堂（不是文中所說的二十四歲，中國人習慣出生那年就算是一歲；文中說蔡鍔當時十六歲，就是這樣算的。）從十月底到翌年二月，雖只有三個多月，師生（學生四十人）同事之間，感憤國事，研究學問尋求救國之道，意氣相投，互相激勵，志氣非常高昂。當時梁啓超是總教習，唐才常是助教（可參閱本選集《清代學術概論》一篇），後來一九〇〇年唐才常率自立軍起義，好幾個學生追隨他而犧牲了。兩年之後，梁啓超設法讓二十一歲的蔡鍔和同齡的蔣百里（一八八二——一九三八）進日本士官學校，一九〇三年畢業。蔡鍔是湖南人，一九一一年在雲南任協統，響應革命。辛亥之後，蔡鍔為首的雲南軍政府被譽為各省模範。而且，他的部下都非常愛戴他，甘心為他捨命報國。他雖然只有短短三十五年的生命，卻維護了尚未茁壯的民國得以成長，人格與事功，都名垂青史。

作者在護國之役結束不久，曾為蔡鍔和死難的諸烈士（譬如文中提到被龍濟光謀害的三人）作傳，見於《飲冰室文集》三十四冊。

【梁・啓・超】

為學與做人

諸君，我在南京講學將近三個月了，這邊蘇州學界裡頭，有好幾回寫信邀我，可惜我在南京是天天有功課的，不能分身前來。今天到這裡，能夠和全城各校諸君聚在一堂，令我感激得很。但有一件，還要請諸君原諒：因為我一個月以來，都帶著些病，勉強支持；今天不能作很長的講演，恐怕有負諸君期望哩。

問諸君「為什麼進學校」？我想人人都會眾口一辭地答道：「為的是求學問。」再問：「你為什麼要求學問？」「你想學些什麼？」恐怕各人的答案就很不相同，或者竟自答不出來了。諸君啊！我請替你們總答一句罷：「為的是學做人。」你在學校裡頭學的什麼數學幾何物理化學生理心理歷史地理國文英語，乃至什麼哲學文學科學政治法律經濟教育農業工業商業等等，不過是做人所需要的一種手段，不能說專靠這些便達到做人的目的。任憑你把這些件件學得精通，你能夠成個人不能成個人還是別問題。

人類心理，有知情意三部分；這三部分圓滿發達的狀態，我們先哲名之為三達德——智、仁、勇。為什麼叫做「達德」呢？因為這三件事是人類普通道德的標準，總要三件具備才能成一個人。三件的完成狀態怎麼樣呢？孔子說：「知者不惑，仁者不憂，勇者不懼。」所以教育應分為智育情育意育三方面。現在講的智育德育體育，不對。德育範圍太籠統，體育範圍太狹隘——知育要教到人不惑，情育要教到人不憂，意育要教到人不懼。教育家教學生，應該以這三件為究竟；我們自動地自己教育自己，也應該以這三件為究竟。

怎麼樣才能不惑呢？最要緊是養成我們的判斷力。想要養成判斷力，第一步，最少須有相當的常識；進一步，對於自己要做的事須有專門知識；再進一步，還要有遇事能斷的智慧。假如一個人連常識都沒有，聽見打雷，說是雷公發威；看見月蝕，說是蝦蟆貪嘴。那麼，一定鬧到什麼事都沒有主意，碰著一點疑難問題，就靠求神問卜看相算命去解決。真所謂「大惑不解」，成了最可憐的人了。學校裡小學中學所教，就是要人有了許多基本的常識，免得凡事都暗中摸索。但僅僅有這點常識還不夠。我們做人，總要各有一件專門職業；這門職業，也並不是我一人破天荒去做，從前已經許多人做過。他們積了無數經驗，發見出好些原理原則，這就是專門學識。我打算做這項職業，就應該有這項專門學識。例如我想做農嗎：怎樣的改良土壤，怎樣的改良種子，怎樣的防禦水旱病蟲……等等，都是前人經驗有得成為學識的。我們有了這種學識，應用他來處置這些事，自然會不惑；反是則惑了。做工做商……等等都各各有他的專門學識，也是如此。我想做財政家嗎？何種租稅可以生出何樣結果，何種公債可以生出何樣結果……等等，都是前人經驗有得成為學識的。我們有了這種學識，應用他來處置這些事，自然會不惑；反是則惑了。教育家軍事家……等等都各各有他的專門學識，也是如此。我們在高等以上學校所求的知識，就是這一類。但專靠這種常識和學識就夠嗎？還不能。宇宙和人生是活的不是呆的，我們每日所碰見的事理是複雜的變化的不是單純的印板的。倘若我們只是學過這一件才懂這一件，那麼，碰著一件沒有學過的事來到跟前，便手忙腳亂了。所以還要養成總體的智慧才能得有根本的判斷力。這種總體的智慧如何才能養成呢？第一件：要把我們向來粗浮的腦筋，著實磨練他，叫他變成細密而且踏實。那麼，無論遇著如何繁難的事，我都可以徹頭徹尾想清楚他的條理，自然不至於惑了。第二件：要把我們向來昏濁的腦筋，著實將養他，叫他變成清明。那麼，一件事理到跟前，我才能很從容很瑩澈地去判斷他，自然不至於惑了。以上所說常識學識和總體的智慧，都是智育的要件，目的是教人做到知者不惑。

怎麼樣才能不憂呢？為什麼仁者便會不憂呢？想明白這個道理，先要知道中國先哲的人生觀是怎麼樣。「仁」之一字，儒家人生觀的全體大用都包在裡頭。「仁」到底是什麼？很難用言語說明。勉強下個解釋，可以說是：「普遍人格之實現。」孔子說：「仁者人也。」意思說是人格完成就叫做「仁」。但我們要知道：人格不是單獨一個人可以表見的，要從人和人的關係上看出來。所以仁字從二人，鄭康成解他作「相人偶」。總而言之，要彼我交感互發，成為一體，然後我的人格才能實現。所以我們若不講人格主義，那便無話可說。講到這個主義，當然歸宿到普遍人格。換句話說：宇宙即是人生，人生即是宇宙，我的人格和宇宙無二無別。體驗得這個道理，就叫做「仁者」。然則這種仁者為什麼就會不憂呢？大凡憂之所從來，不外兩端，一曰憂成敗，二曰憂得失。我們得著「仁」的人生觀，就不會憂成敗。為什麼呢？因為我們知道宇宙和人生是永遠不會圓滿的，所以《易經》六十四卦，始「乾」而終「未濟」。正為在這永遠不圓滿的宇宙中，才永遠容得我們創造進化。我們所做的事，不過在宇宙進化幾萬萬里的長途中，往前挪一寸兩寸，哪裡配說成功呢？然則不做怎麼樣呢？不做便連這一寸兩寸都不往前挪，那可真真失敗了。「仁者」看透這種道理，信得過只有不做事才算失敗，凡做事便不會失敗。所以《易經》說：「君子以自強不息。」換一方面來看：他們又信得過凡事不會成功的，幾萬萬里路挪了一兩寸，算成功嗎？所以《論語》說：「知其不可而為之。」你想！有這種人生觀的人，還有什麼成敗可憂呢？再者，我們得著「仁」的人生觀，便不會憂得失。為什麼呢？因為認定這件東西是我的，才有得失之可言。連人格都不是單獨存在，不能明確地畫出這一部分是我的那一部分是人家的，然則哪裡有東西可以為我所得？既已沒有東西為我所得，當然也沒有東西為我所失。我只是為學問而學問，為勞動而勞動，並不是拿學問勞動等等做手段來達某種目的——可以為我們「所得」的。所以老子說：「生而不有，為而不恃。」「既以為人己愈有，既以與人己愈多。」你想有這種人生觀的人，還有什麼得失可憂呢？總而言之：有了這種人生觀，自然會覺得「天地與我並生，而萬物與我為一」；自然會「無入而不自得」。他的生活，純然是趣味化藝術化。這是最高的情感教育，目的教人做到仁者不憂。

怎麼樣才能不懼呢？有了不惑不憂工夫，懼當然會減少許多了。但這是屬於意志方面的事；一個人若是意志力薄弱，便有很豐富的知識，臨時也會用不著；便有很優美的情操，臨時也會變了卦。然則意志怎麼才會堅強呢？頭一件需要心地光明。孟子說：「浩然之氣，至大至剛。行有不慊於心，則餒矣。」又說：「自反而不縮，雖褐寬博，吾不惴焉；自反而縮，雖千萬人，吾往矣。」俗語說得好：「生平不做虧心事，夜半敲門也不驚。」一個人要保持勇氣，須要從一切行為可以公開做起。這是第一著。第二件要不為劣等欲望之所牽制。《論語》記：「子曰：吾未見剛者。」或對曰：「申棖。」子曰：「棖也欲，焉得剛？」一被物質上無聊的嗜慾東拉西扯，那麼，百煉鋼也會變為繞指柔了。總之一個人的意志，由剛強變為薄弱極易，由薄弱返到剛強極難。一個人有了意志薄弱的毛病，這個人可就完了，自己做不起自己的主，還有什麼事可做？受別人壓制，做別人奴隸，自己只要肯奮鬥，終須能恢復自由。自己的意志做了自己情慾的奴隸，那麼，真是萬劫沉淪，永無恢復自由的餘地，終身畏首畏尾，成了個可憐人了。孔子說：「和而不流，強哉矯；中立而不倚，強哉矯；國有道，不變塞焉，強哉矯；國無道，至死不變，強哉矯。」我老實告訴諸君說罷：做人不做到如此，絕不會成一個人。但做到如此真是不容易，非時時刻刻做磨練意志的工夫不可。意志磨練得到家，自然是看著自己應做的事，一點不遲疑，扛起來便做，「雖千萬人吾往矣」。這樣才算頂天立地做一世人，絕不會有藏頭躲尾左支右絀的醜態。這便是意育的目的，要教人做到勇者不懼。

我們拿這三件事作做人的標準，請諸君思想，我自己現時做到哪一件——哪一件稍為有一點把握。倘若連一件都不能做到，連一點把握都沒有，曖喲！那可真危險了，你將來做人恐怕就做不成。講到學校裡的教育嗎，第二層的情育、第三層的意育，可以說完全沒有；剩下的只有第一層的智育。就算智育罷：又只有所謂常識和學識，至於我所講的總體智慧靠來養成根本判斷力的，卻是一點兒也沒有。這種「販賣智識雜貨店」的教育，把他前途想下去，真令人不寒而慄，現在這種教育，一時又改革不來，我們可愛的青年，除了他更沒有可以受教育的地方。諸君啊！你到底還要做人不要？你要知道危險呀！非你自己抖擻精神想方法自救，沒有人能救你呀！

諸君啊！你千萬別要以為得些段片的知識就算是有學問呀。我老實不客氣告訴你罷：你如果做成一個人，知識自己是愈多愈好；你如果做不成一個人，知識卻是愈多愈壞。你不信嗎？試想想全國人所唾罵的賣國賊某人某人，是有知識的呀，還是沒有知識的呢？試想想全國人所痛恨的官僚政客——專門助軍閥作惡魚肉良民的人，是有知識的呀，還是沒有知識的呢？諸君須知道啊！這些人當十幾年前在學校的時代，意氣橫厲，天真爛漫，何嘗不和諸君一樣？為什麼就會墮落到這樣田地呀？屈原說的：「何昔日之芳草兮，今直為此蕭艾也！豈其有他故兮，莫好修之害也。」天下最傷心的事，莫過於看著一群好好的青年一步一步地往壞路上走。諸君猛醒啊！現在你所厭所恨的人，就是你前車之鑑了。

諸君啊！你現在懷疑嗎？沉悶嗎？悲哀痛苦嗎？覺得外邊的壓迫你不能抵抗嗎？我告訴你：你懷疑和沉悶，便是你因不知才會惑。你悲哀痛苦，便是你因不仁才會憂。你覺得你不能抵抗外界的壓迫，便是你因不勇才有懼。這都是你的知情意未經過修養磨練，所以還未成個人。我盼望你有痛切的自覺啊！有了自覺，自然會自動。那麼，學校之外，當然有許多學問，讀一卷經，翻一部史，到處都可以發現諸君的良師呀！

諸君啊！醒醒罷！養足你的根本智慧，體驗出你的人格人生觀，保護好你的自由意志。你成人不成人，就看這幾年哩！

賞析

這是一九二二年十二月二十七日在蘇州學生聯合會的講演紀錄，收入《飲冰室文集》三十九冊。

作者的講演，條理很清楚。全篇的重點論是如何才能不惑、不憂、不懼。他論不惑，不算有特別新意；論不憂則頗有發明。特別是論宇宙與人生一體，人生在宇宙中的渺小，破除我執等，都能深入淺出，把不易講得清楚的道理講得言簡意賅。至於論不懼，作者不是徒託空言，而是有真實的體悟：他二十六歲參與推動變法維新，四十三歲討伐袁皇帝，四十五歲聲討張勳復辟，和老師公然決裂，當時所下的決定，都需要勇者不懼的修為。尤其是討伐袁世凱之役，和蔡鍔師生二人面對重重艱難險阻，雖千萬人吾往矣的沛然莫之能禦的氣魄，正是勇者不懼的最佳例證。而急流勇退，捨棄實際政治活動，轉而專力教育事業，也是有智慧、不滯於得失之憂的很好寫照。

梁啓超年表

一八七三年（同治十二年）　一歲

正月二十六日生。（以下月份至民國前皆為舊曆）

時李鴻章五十一歲。康有為十六歲。孫中山八歲。

一八七六年（光緒二年）　四歲

祖父日與言古豪傑哲人嘉言懿行。

一八七八年（光緒四年）　六歲

跟隨父親讀中國史略，讀畢五經。

一八八〇年（光緒六年）　八歲

開始學作文。

一八八一年（光緒七年）　九歲

能寫一千字的文章。

一八八二年（光緒八年）　十歲

父執輩譽為神童。

一八八三年（光緒九年）　十一歲

讀張之洞《輶軒語》、《書目答問》等，「始知天地間有所謂學問者」。

一八八四年（光緒十年）　十二歲

中秀才，埋首科舉之學。熟讀《史記》，能背誦。讀畢《漢書》和《古文辭類纂》。

父慈而嚴，常質問他：「你把自己看作是尋常小孩子嗎？」

一八八五年（光緒十一年）　十三歲
開始埋首學乾嘉訓詁學。

一八八七年（光緒十三年）　十五歲
肄業於學海堂，放棄科舉之學，鑽研詞章、訓詁學。母親難產去世。

一八八八年（光緒十四年）　十六歲
為學海堂正班生，考試常名列前茅，得獎學金買書。又為菊波、粵華、粵秀書院之院外生。

一八八九年（光緒十五年）　十七歲
九月，鄉試中舉人第八名；主考官李端棻把堂妹李蕙仙（二十一歲）許配給他。

一八九〇年（光緒十六年）　十八歲
春，入京會試（考進士）落第。歸途經上海，得讀《瀛環志略》，始知世界有五大洲。讀上海製造局所翻譯的西人書，甚喜；但無餘錢購買。九月，拜康有為為師，接觸陸九淵、王陽明心學，和西方人的學問。退出學海堂，放棄舊學。

一八九一年（光緒十七年）　十九歲

在康有為的萬木草堂讀《宋元學案》、《明儒學案》、《二十四史》、《文獻通考》等，自認一生學問得力於此。協助康有為撰《孔子改制考》。接觸佛學。十月，入京結婚，向妻子學習官話（國語）。

一八九二年（光緒十八年）　二十歲

祖父去世。三月，會試落第。

一八九三年（光緒十九年）　二十一歲

長女思順（令嫻）在新會老家出生。冬，在廣東東莞講學。康有為中舉人（三十六歲）。

一八九四年（光緒二十年）　二十二歲

中日戰爭。感憤時局，多有建言；但人微言輕，不受重視。埋首讀譯書。

孫中山於檀香山成立興中會。

一八九五年（光緒二十一年）　二十三歲

二月入京會試，經上海時曾考慮在某書院教書，以便向書院外文教師學外文。三月，代表廣東公車（應會試的舉人）上書皇帝；四月，康有為聯合三千公車上書。六月，主撰新發刊的《中外公報》。居北京強學會數月（七月成立，十一月被封禁），任書記，盡讀會中所藏譯書，益發有志著述。任李提摩太臨時祕書，得聞西方政治、歷史。認識譚嗣同。會試落第。

康有為中進士。

一八九六年（光緒二十二年）　二十四歲

七月，與黃遵憲、汪康年於上海創辦《時務報》旬刊，擔任主筆，主張廢科舉、興學校、中西學並進。曾從馬建忠學拉丁文兩月。著《變法通議》（至翌年完成）、〈戒纏足會敘〉、〈讀西學書法〉等。

一八九七年（光緒二十三年）　二十五歲

五月，所輯《西政叢書》出版。六月，創辦不纏足會於上海。秋得一子，出生一天夭折。秋冬間，創辦大同譯書局於上海，又倡議設女學堂。十月，與汪康年不合，離開《時務報》；主講於湖南長沙新開辦的時務學堂，前後三個多月。此時已有「任公」之號。

一八九八年（光緒二十四年）　二十六歲

春，大病幾死。病癒隨康有為入京奔走成立保國會。四月，恭親王奕訢卒。聯合考進士的舉人上書，著〈公車上書請變通科舉折〉，建議廢除八股取士，幾乎被其他舉人痛毆。光緒帝召見康有為，決心推行新政。五月，詔廢八股取士，設京師大學堂（北京大學前身）。五月十五日，被光緒帝召見，賞六品銜，辦理譯書局事務。「百日維新」期間，草擬大量變法章程。八月六日，戊戌政變，光緒被囚，慈禧太后訓政，譚嗣同等六君子被殺。新政失敗後，梁氏避入日本公使館，乘日艦逃亡到日本東京，日本政府供養其生活。家人避難於澳門（葡萄牙殖民地）。十月，在日本橫濱創辦《清議報》，激烈攻擊清廷，三年後停刊。時務學堂學生蔡鍔等十一人赴日追隨他。著《戊戌政變記》等。

一八九九年（光緒二十五年）　二十七歲

接眷來日本。稍能讀日文，思想為之一變。與昔日湖南時務學堂學生一起讀書論革命；物質生活雖苦，精神異常快樂。二月，康有為赴加拿大創保皇會。梁與孫中山往來甚密，謀商兩黨合作；在海外的康有為知道後震怒，命梁離日，兩黨合作未果。七月，運動華僑出資創辦東京高等大同學校，收容在日學生。十一月，經檀香山欲赴美洲，遇防治流行病，滯留檀香山半年。當初孫中山介紹檀香山興中會成員給他，而他漸漸使興中會發源地變成保皇會的基地，使革命黨人強烈不滿。著《自由書》、〈瓜分危言〉、〈各國憲法異同論〉等。

一九〇〇年（光緒二十六年）　二十八歲

四月，義和團入北京，引發八國聯軍之役。七月，返國響應唐才常（前時務學堂助教）自立軍起義勤王，抵達上海時，唐已在漢口失敗被執，時務學堂學生六人損失於此役；黯然轉往新加坡會康有為。八月，應保皇會之邀遊澳洲。著〈少年中國說〉等。

一九〇一年（光緒二十七年）　二十九歲

四月返日本。十一月，籌備半年的廣智書局在上海英國租界成立，翻譯的圖書前後共二百多種，是當時有數的新式出版機構。始號「飲冰子」。長子思成在日本出生。著《李鴻章》、〈南海康先生傳〉等。

清廷詔廢八股。

一九〇二年（光緒二十八年） 三十歲

正月於橫濱創刊《新民叢報》半月刊。與日本方面商議，保送蔡鍔、蔣方震等入日本士官學校習軍事。十月，《新小說報》出版。初結集數年文章，出版《飲冰室文集》。於橫濱創辦譯書館。蔡元培、章太炎創立光復會。著傳記多篇，及《新民說》、〈生計學學說沿革小史〉、〈中國學術思想變遷之大勢〉、〈新史學〉、〈論小說與群治之關係〉、小說《新中國未來記》等。

一九〇三年（光緒二十九年） 三十一歲

正月遊美洲，十月返日本；著《新大陸遊記》。赴美遊歷考察後，言論轉趨溫和保守，鼓吹君主立憲。與李夫人的侍女王桂荃（一八八六——一九六八）結婚。著《新大陸遊記節錄》等。

日俄戰爭，清廷中立。黃興、宋教仁創華興會於長沙。

一九〇四年（光緒三十年）　三十二歲

正月赴港，經上海返日本。長姐去世。次子思永在上海出生。著〈中國成文法編製之沿革得失〉、《子墨子學說》、《中國國債史》、《中國之武士道》等。

一九〇五年（光緒三十一年）　三十三歲

清廷廢科舉。七月，孫中山合併興中會、光復會、華興會為中華革命同盟會，定中華民國名稱；十月，發刊《民報》，由宋教仁、胡漢民、陳天華、汪精衛、劉師培等輪流執筆鼓吹革命、共和，與梁氏主張君主立憲的《新民叢報》論戰，至一九〇七年七月《新民叢報》停刊止。著〈開明專制論〉、〈申論種族革命與政治革命之得失〉、〈世界史上廣東之位置〉等。

一九〇六年（光緒三十二年）　三十四歲

二月，接父親至日本奉養。欲留學歐洲，未成。反對種族革命，主張政治革命。清廷下詔預備立憲。

一九〇七年（光緒三十三年）　三十五歲

九月，於東京組織政聞社，派員歸國活動，發行《政論雜誌》，鼓吹立憲。清廷設資政院、諮議局。三子思忠生。著〈國文語原解〉等。

一九〇八年（光緒三十四年）　三十六歲

正月，政聞社本部遷上海，七月被查禁。專心著述，但不放棄政治事業。七月，各省代表請清廷開國會。八月，清廷下詔九年後立憲。十月，光緒帝、慈禧太后卒。溥儀繼位，生父載灃攝政監國。女思莊生。著《王荊公》、〈中國古代幣材考〉等。

一九〇九年（宣統元年）　三十七歲

意態蕭索，生活困窘，專以讀書著述為業。常祕密代替憲政編查館各大吏撰寫憲政文字，約二十餘萬字。曾學德文。九月，各省諮議局開幕。著《管子傳》、《財政原論》等。

一九一〇年（宣統二年）　三十八歲

正月，創辦《國風報》。報上言論比以前切實，頗得康有為稱道；但十月以後，憤清廷政治日益腐敗，言論趨於激烈。九月，資政院開幕。著《中國國會制度私議》，又撰文多篇論財稅、公債、國債、幣制、國會、外交等。

一九一一年（宣統三年）　三十九歲

三月，孫中山於廣州起事失敗，七十二烈士殉難。四月，清廷成立皇族內閣，宣布鐵路國有。八月十九日，武昌起事成功。二十三日，清廷起用袁世凱。十月，外蒙獨立。載灃退位。十一月，孫中山當選臨時大總統。

二月與長女令嫻赴臺灣旅遊一個月。九月十六日由日本返國，計畫聯合陸軍第六鎮統制（師長）吳祿貞（日本士官學校畢業，曾參加自立軍之役）、二十鎮統制張紹曾等，揮軍控制北京，發動政變，擁戴宗室載濤為內閣總理，召開國會，實行虛君立憲。十九日到大連，而吳祿貞已於十七日在石家莊被刺死，張則被解職，於是失望返日本。九月二十六日，袁世凱任命他為法律副大臣，堅辭不就。著〈中國前途之希望與國民責任〉、〈責任內閣釋義〉等。

一九一二年（民國元年）　四十歲

二月，清帝退位。三月十日，袁世凱在北京就任臨時大總統；翌日孫中山公布《臨時約法》。十月，歸國，在天津、北京受到盛大歡迎。同盟會改組為國民黨。十一月在天津創辦《庸言報》。子思達生。著〈中國立國大方針〉、〈治標財政策〉和多篇初歸國演說辭。

一九一三年（民國二年）　四十一歲

二月加入共和黨，五月與民主、統一黨合併為進步黨。九月，熊希齡內閣成立，任司法總長。十月，袁世凱當選正式總統，解散國會，廢止《約法》。反袁的二次革命失敗。著〈政府大政方針宣言書〉、〈進步黨擬中華民國憲法草案〉等。

一九一四年（民國三年）　四十二歲

二月，辭司法總長，任幣製局總裁；十二月辭。國民黨改組為中華革命黨。歐戰爆發，中國中立。女思懿生。著《歐洲戰役史論》等。

一九一五年（民國四年）　四十三歲

正月，任新出版的《大中華》主筆。二月，任袁世凱政治顧問，至長江各省考察司法、教育。五月，袁接受日本提出的二十一條。六月，與馮國璋入京勸阻袁世凱勿稱帝。八月，袁稱帝野心顯露，梁氏在天津發表〈異哉所謂國體問題者〉，駁斥主張帝制的謬論，影響很大。十二月，袁世凱稱帝。他南下參與討伐袁世凱。雲南獨立，蔡鍔於雲南成立護國軍。

一九一六年（民國五年）　四十四歲

一月，貴州獨立。三月，廣西獨立。袁世凱取消帝制，仍戀棧總統之位。四月，廣東、浙江獨立。五月，反袁的護國軍務院於廣東肇慶成立，梁氏任政務委員長兼撫軍；四川、湖南獨立。月底始知父親去世，辭去各職。六月，袁世凱羞憤卒。黎元洪任總統，恢復民國元年《約法》。七月，撤銷軍務院。八月，國會恢復。十一月，蔡鍔在日本病逝。女思寧生。著《盾鼻集》、《國民淺訓》等。

一九一七年（民國六年）　四十五歲

五月，督軍團叛變。六月，解散國會。七月一日，張勳擁戴廢帝溥儀復辟；康有為支持張勳。七月三日，段祺瑞在天津附近的馬廠誓師，組成討逆軍討伐張勳。梁氏反對復辟，為段參贊，起草各種文電；師生決裂。十二日，討逆軍攻入北京，復辟失敗，康避居美國公使館。馮國璋代理總統，段祺瑞內閣成立，梁氏任財政總長，力主對德國宣戰；八月中國對德宣戰。九月，廣州非常國會選孫中山為軍政府大元帥。十一月，段內閣總辭。

一九一八年（民國七年）　四十六歲

治碑刻甚勤。春夏間專力寫作通史，用功過勤，八九月患嘔血病。九月，徐世昌當選總統。十一月，歐戰結束。十二月以北京政府「歐洲考察團」名義，與蔣百里、丁文江、張君勱等六人赴歐，在船上曾習法文。

一九一九年（民國八年）　四十七歲

遊英、法、比、荷、瑞、意、德及各處戰地。五月，五四運動。中華革命黨改組為中國國民黨。著《歐遊心影錄節錄》。

一九二〇年（民國九年）　四十八歲

三月返抵上海，此後注力教育及著述，放棄直接的政治活動。承辦上海中國公學，組織共學社，著《清代學術概論》、《墨經校釋》、《孔子》等，並著佛學研究專著多種。七月，直皖戰爭。八月，陳獨秀等籌組中國共產黨。

一九二一年（民國十年）　四十九歲

四月，廣州國會選孫中山為非常大總統。七月，湘鄂戰爭。秋，應天津南開大學之聘，講中國文化史。中國共產黨於上海正式成立。著《墨子學案》、《中國歷史研究法》。

一九二二年（民國十一年）　五十歲

春，在清華學校講學。四月起，應各處學術演講二十餘次。四月，直奉戰爭，六月議和。六月，徐世昌辭職，黎元洪復職總統。十月，赴南京東南大學主講中國政治思想史；十一月，過勞得心臟病。著《先秦政治思想史》、《作文教學法》、〈中國韻文裡頭所表現的情感〉等。

一九二三年（民國十二年）　五十一歲

正月，發起創辦文化學院於天津。五月，二子思成、思永為汽車軋傷。七月，寫信勸曹錕打消謀作總統之意。九月，在清華講學。十月，曹錕賄選為總統。著《陶淵明》、《朱舜水年譜》、〈戴東原先生傳〉、〈戴東原哲學〉等。

一九二四年（民國十三年）　五十二歲

九月，二次直奉戰爭。原配李夫人去世，心情極壞。北方軍閥內戰，南方國民黨聯俄容共，使堅決反共的梁氏憂心。十一月，孫中山北上。段祺瑞任臨時執政。子思禮生。著〈近代學風之地理的分布〉、《中國近三百年學術史》、《中國之美文及其歷史》等。

一九二五年（民國十四年）　五十三歲

二月，廣州政府東征。三月，孫中山在北京去世（六十歲）。七月，國民政府在廣州成立。夏天在北戴河購屋避暑。九月初，主持清華國學研究院。著《要籍解題及其讀法》、《國學入門書要目及其讀法》等。

一九二六年（民國十五年）　五十四歲

就任北京圖書館館長。三月，因便血病在協和醫院錯割好的右腎。四月，耶魯大學欲贈名譽博士，以病辭。秋冬間，接辦司法儲才館事。七月，蔣中正率軍北伐。十二月，國民政府北遷武漢。著《中國歷史研究法補編》、〈王陽明知行合一之教〉等。

一九二七年（民國十六年）　五十五歲

三月，革命軍克服南京，另成立南京國民政府，繼續北伐。康有為卒。冬，欲組新黨反共兼反國民黨，因乏人響應未成。著《古書真偽及其年代》、《儒家哲學》、《中國文化史》、《圖書大辭典簿錄之部》等。

一九二八年（民國十七年）　五十六歲

三月，長子思成與林徽因（二十五歲）結婚。六月，北伐軍克北京；辭清華教職，遷居天津租界。十月，發病。十二月，東三省易幟服從中央，全國統一。著《辛稼軒先生年譜》。

一九二九年（民國十八年）　五十七歲

正月十九日卒於北京協和醫院。

世紀文庫

生活文學　閱讀人生

文學，是一種文化
也可以是一種生活方式

【文學001】文學公民　郭強生　著

這本書是作者自美返臺這些年，作為一個文學人如何在動靜之間取得平衡，在理想與實務中學習的最真實的紀錄。如果閱讀這本書也能勾起你一種欲望，想回去一個你已經離開的地方，那就是這本書在「做些甚麼」了。

【文學004】你道別了嗎？　林黛嫚　著

你知道每一次道別都很珍貴，你無法向那些不告而別的人索一句再見，但是，你可以常常問自己，你道別了嗎？作者在這本散文集中，除了以文字見證生活經驗之外，更企圖透過人稱轉換造成距離感，以及小說化的敘事筆調呈現散文的瀟灑文氣。

【文學006】口袋裡的糖果樹　楊明　著

美食和愛情有很多相通之處，從挑選材料、掌握火候到搭配，每一個步驟都必須謹慎，才能得到滿意的結果。相較於料理可以輕易分辨酸甜苦辣，愛情卻常常曖昧不明。《口袋裡的糖果樹》有如一道耐人尋味的料理，悠遊在情愛難以捉摸的國度裡，時而甜時而酸，只有認真品味過的人，才知道箇中滋味。

【傳記001】永遠的童話——琦君傳　宇文正　著

曾寫出膾炙人口《橘子紅了》、《紅紗燈》等書的知名作家琦君，有一個曲折的人生。她的童年，宛如一部引人入勝的童話；她的求學生涯，見證了中國動盪的歲月；她的創作，刻畫了美善的人間。作家宇文正模擬琦君素淡溫厚之筆，從今日淡水溫馨的家，回溯滿溢桂花香的童年，寫出琦君戲劇性的一生。

國家圖書館出版品預行編目資料

梁啓超／范銘如主編;廖卓成編著. －－初版一刷.
－－臺北市：三民，2006
面；　公分. －－(二十世紀文學名家大賞／01)

ISBN 957-14-4536-3　(平裝)

848.4　　　　　　　　95007237

三民網路書店　http：// www.sanmin.com.tw

© 梁　啓　超

主編者　范銘如
編著者　廖卓成
發行人　劉振強
著作財產權人　三民書局股份有限公司
臺北市復興北路386號
發行所　三民書局股份有限公司
地址／臺北市復興北路386號
電話／(02)25006600
郵撥／0009998-5
印刷所　三民書局股份有限公司
門市部　復北店／臺北市復興北路386號
重南店／臺北市重慶南路一段61號
初版一刷　2006年5月
編　號　S 833330
基本定價　參元陸角
行政院新聞局登記證局版臺業字第○二○○號

ISBN　957-14-4536-3　(平裝)